中野くんと坂上くん（上）

エムロク

角川文庫
24034

目次

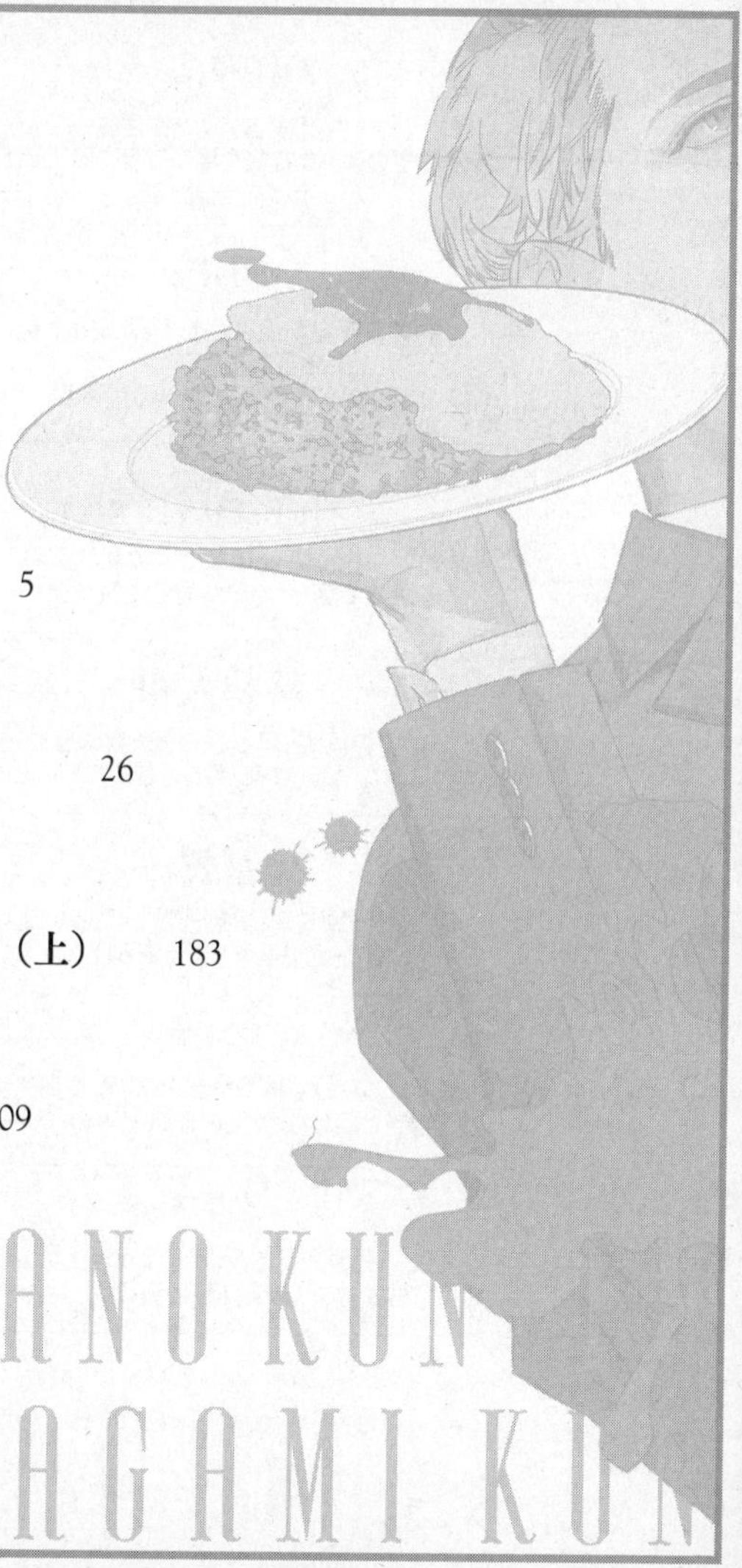

NAKANO KUN
SAKAGAMI KUN

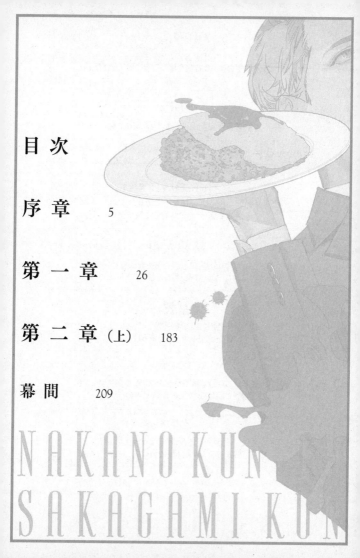

中野《なかの》 湊《みなと》

中野坂上エリア在住。
海外俳優のような容姿を持つアラフォー会社員。
ドライで合理主義。

坂上《さかがみ》

中野の部屋に住みつき、同居人となる。
自己表現が苦手。
坂上という姓以外の一切が不明。

落合《おちあい》 輝《ひかる》(ヒカル)

中野の元後輩で元彼女。
小柄で華奢だが、口が達者で気が強い。

新井《あらい》大和《やまと》

中野の同僚。草食系の見た目に反し、
メンタル、フィジカルともに強靭。

冨賀《とみが》

目白台で「冨賀屋酒店」を営む坂上の知人。
仕事上で関わりがあるらしい。

アンナ

南米にルーツを持つグラマラスな長身美女。
冨賀と同じく、坂上の仕事絡みの知人。

クリス

ふくよかな見た目で人懐っこい、坂上の知人。
冨賀やアンナ同様、仕事の関係者。

CHARACTERS

序章

1

中野湊《なかのみなと》の部屋には、半年くらい前から居候が棲《す》みついている。名を坂上《さかがみ》という。

下の名前は知らない。教えてくれないし、知らなくても不自由はしていない。

そもそも坂上という姓からして、出会った場所が中野坂上《なかのさかうえ》駅エリアで、中野の苗字《みょうじ》が駅名の上半分だったから思いつきで下半分を拝借した可能性が高かった。というより、十中八九そうなんだろう。

ただしサカウエじゃなく、彼は苗字っぽくサカガミと名乗った。

坂上とはバーで知り合った。

仕事帰りに時々顔を出すカジュアルなその店は、いつも常連客で溢《あふ》れていて、騒々しすぎない程度のざわめきに満ちていて、一見客《いちげん》でもアウェイ感に見舞われることなく溶け込める絶妙な居心地の空間だった。

もういくつ寝るとクリスマス――という夜、帰宅途中にフラリと立ち寄ると、時季のせいもあってかド平日なのに店内はほぼ満席。幸い一席だけ空いていたカウンターのスツールに収まってビールを頼み、二杯目にウイスキーのロックをオーダーした頃、右隣の客が帰っていった。が、その空席も、ほぼ入れ違いで早々に埋まることとなる。

それこそ一見客らしい新たな隣席の男は口数も少なく、そのくせ薄暗くてザワつく空間に妙に馴染《なじ》んで見えた。

オリーヴグリーンのフライトジャケットを脱いだ下には、黒い無地のパーカー。下半身の記憶は曖昧《あいまい》だけど、シンプルなボトムスや靴も大差ない暗色だったと思う。無造作に下りた黒髪は、平均的な社会人の基準からすると、やや伸ばしっぱなしという印象。服装や髪型以上に特徴がないのが顔面で、別れた途端に忘れてしまいそうな無個性の造作《ぞうさく》は神経に触れるどんな匂いもなく、どこにいても違和感を与えない人物のように思えた。

年齢は、中野より七つ下の三十だと聞いた。これも真偽のほどはわからないし、そこから現在までの間に誕生日を迎えたのかどうかも中野は知らない。少なくとも個人的な感覚では、本当はもっと若いと踏んでいる。

とにかくそのとき坂上は言った。

「このへんは初めてで知り合いもいなくて、泊まるところがない」

それを聞いた中野は、至極当たり前の反応を投げ返した。

「こんなシーズンだけど一応平日だし、新宿《しんじゅく》のほうに移動すれば空いてるホテル絶対どっか見つかると思うよ？」

なのに、だ。

翌朝目覚めたら、アパートの狭い台所で何故か坂上がボトルビールを呷《あお》っていた。

当たり前のような顔でそこに立つ男を中野は数秒無言で眺め、脳内で昨夜の出来事を反芻《はんすう》し、ゆっくりと首を傾けてこう尋ねた。

「泊まったっけ……？」

答えは返らなかった。

中野がトーストと目玉焼きとベーコンのモーニングプレートを作ってやると、彼は礼も言わずにもりもり食った。ただしコーヒーは、匂いが染みつくとかいうよくわからない理由で固辞された。

そして中野がシャワーを浴びてスーツを着て出勤し、一日の仕事を終えて帰宅したときには、もう姿を消していた。玄関のドアポケットに鍵《かぎ》が放り込まれていたほかは書き置きの一枚もなく、いつもと同じ夜が大人しく戻ってきただけだった。

中野は買って帰った二人分の弁当のうち、ひとつを冷蔵庫に仕舞った。

――が。

翌晩、残りの弁当があるからと手ぶらで帰ったら、なんと冷蔵庫からソイツが消えていた。

中野は扉を開けたまま、しばしその場に佇《たたず》んで思案した。

ただまぁ、考えたってないものはない。弁当の存在は忘れることにして、近所のコンビニにメシを買いに出た。

そのときカツ丼をチョイスしたことを、中野はいまでも鮮明に思い出せる。別に好きだからってわけじゃなく、最初に目に入ったから手に取ってレジに直行しただけだ。

カツ丼の入ったポリ袋をぶらさげてアパートに戻ったとき、施錠したはずの玄関が開いていた。

締め忘れたっけ……？　と首を捻《ひね》りつつ部屋に入ると、坂上がベッド脇の床に陣取って、ボトルビールを呷りながらテレビを眺めていた。

それから彼が棲みついた。

正確には、フラリと帰ってくるようになった。

これといって私物を持ち込むでもないし、毎日いるわけでもない。十日くらい姿が見えないかと思えば、ある日突然戻ってくる。どこで何をしているのかは知らないし、訊《き》いたところで教えてくれないだろう。

教えてくれないと言えば、カツ丼の夜に鍵をどうしたのかもわからずじまいだ。

あの前日、スペアキーは玄関のドアポケットに入っていた。つまり単純に考えれば、そこに放り込む前に無断で新しいスペアを作ったか、こじ開けて侵入したかの二択しかない。だけど本人に訊いてみても、曖昧に首を捻るだけで答えはなかった。

ただ、坂上の口数の少なさは秘密主義という以外に、どうやら自己表現が苦手らしい性質による部分も大きい。

表情の変化が乏しいのも、多分わざとじゃない。メシを作ってやったときなんかによくよく観察してみれば、どう礼を伝えたらいいのかがわからない――とでも言いたげな色合いが目の中に滲《にじ》んで見える。

だから質問に答えてくれなくても、礼を言われなくても、結局はどうでも良かった。言いたくなければ言わなきゃいいし、素性が知れなかろうと中野に危害を加えるわけじゃないなら何者でも構わない。

それに、カネもかからない。

かからないどころか、彼は姿を消して戻るたびに大金を渡して寄越《よこ》す。どうやら家賃のつもりらしいけど、それが一回につき一年分くらいの金額だったりする。

そのカネを入れるために、中野は簡易な手提げ金庫を買った。生活費を払ってもらう必要はないから、戻らないつもりで出かけるときはソイツを持っていくよう本人に言ってある。

一方で、坂上も中野のことを詮索《せんさく》しない。

仕事やプライベートについての質問は一切なく、中野が彼の事情を尋ねない点にも言及しない。

何も訊かないのか？　なんて間抜けな質問もしない。何も訊かれていない事実を認識できているのなら、いちいち口に出して確かめる必要はない。

もちろん中野だって、坂上のライフスタイルや持ち帰るカネを見ていれば、何かヤバいことにかかわっていることは察しがついた。それでも、彼がどこの馬の骨だろうが何を生業《なりわい》にしていようが、挨拶《あいさつ》や礼のひとつもなかろうが別にどうでも良かったし、一定の距離を間に挟んだ関係に何かを感じることもなかった。

今夜までは。

2

灯《あか》りを落とした部屋で地上波放映の洋画を観るともなく眺める間、ベッドの上には我が物顔の居候が転がっていて、部屋の主《あるじ》は床で胡座《あぐら》を掻《か》いていた。

「アイツ、あんたに似てるよな」

後頭部の向こうで声がした。

感情のこもらない声が指す「アイツ」というのは、画面の主人公を指しているようだった。元CIAエージェントだとかいう長身の優男は、どちらかと言えば北欧辺りの陰気な刑事ドラマかロシア人スパイものの映画にでも登場しそうな、神経質でお堅いクソ真面目タイプに見えた。

「俺あんな、ロシア人スパイみたいな感じ？」

振り向かずに訊き返すと、投げ出すような即答が後ろから返った。

「ロシア人スパイがあんなヤツだと思ってんのか？」

質問の答えにはなっていないけど、言いたいことはわかっていた。

中野の容姿が主張する、生粋の東洋人にはないDNAの気配。肌の色や髪、瞳《ひとみ》の色素の薄さ。金髪碧眼《へきがん》とはいかないまでも、間違いなく織り込まれた異国の遺伝子の仕業だ。

中野が義務教育を終えないうちに他界した母親は、紛れもなく日本人だった――と思う。少なくとも極東の血統ではあった。つまり彼女が実母じゃなかったというオチでもない限り、この突然変異は父親由来のものなんだろう。だけど父について中野は何も知らない。戸籍の『父』欄にも文字はなく、ブレンドされた外観から人種を憶測するという不毛な努力もしたことがない。

テレビ画面の中では、恋人を殺された元CIAエージェントが悲しみのあまり日常生活もままならなくなっていた。

ありがちな設定だな――中野は欠伸《あくび》を噛《か》み殺して、坂上が持ち帰ったボトルビールを口に運んだ。

彼は姿を消すたび、必ずと言っていいほどポケットに札束を突っ込んでビールのパックかケースをぶらさげて戻る。梅雨シーズン真《ま》っ只中《ただなか》の今日も、湿っぽく降りしきる雨の中、傘も差さずに黒いレインジャケットのフードを被《かぶ》り、輸入ビールの六本パックを携えて帰ってきた。そのくせ、紙製のパッケージも、ポケットに突っ込んでいた札束も大して濡《ぬ》れていなかったところをみると、もしかしたらクルマだったのかもしれない。

彼の日常の交通手段も、毎度ビールが湧いて出る理由も、中野は知らないし尋ねたこともない。ただ、自分じゃ買わないような海外銘柄のビールを風呂上《ふろあ》がりにいただける点は、単純に歓迎すべき特典だと思っている。

「何をあんなに引き摺《ず》る必要があるんだ？」

再び背後で声がして、中野は今度は振り返った。

帰宅してすぐにシャワーを浴びた坂上は、いまは白いTシャツの上に赤とグレイが交ざり合うチェックシャツを羽織り、下半身はライトブルーのデニムという、健全な夏仕様のファッションでベッドを占領していた。

彼は熱のない面構えを肘枕《ひじまくら》の手のひらに載せ、仄《ほの》かに訝《いぶか》るような声音でこう続けた。

「どうせ、そのうち別の女を見つけて立ち直るよな。部品と同じで交換すれば修繕できることがわかってんのに、いつまでもドン底気分に浸ってるなんて馬鹿げてると思わねぇか」

恋人の死を嘆くわりに不自然なほど抑えた主人公の慟哭《どうこく》と同じくらい、坂上の疑問には抑揚がない。

「女に限らず、生物学的に繋《つな》がりのない他人なんて代替可能なパーツでしかない。しかも人間ってのは心臓か脳味噌《のうみそ》が働くのをやめちまったら終わりだ。与えられた時間は限られてるのに、消耗パーツがひとつ駄目になったぐらいで稼働できないブランクが発生するなんて、時間の浪費もいいとこだろ」

彼がこんなに長いセリフを喋《しゃべ》るのは珍しいことだった。

何かあったんだろうか。まさか、色恋沙汰《ざた》のトラブルでもあったとか？

坂上と恋愛なんて、ビールとケーキの組み合わせみたいに奇妙な印象だ。が、もちろんソイツは勝手なイメージであって、彼の人生が恋と無縁かどうか中野は知る由もないし、ビールを飲みながらケーキを食いたい人間だって世の中には意外といるだろう。

だから、失恋でもした？　という無神経な質問はもとより、頭でわかってても気持ちがともなうとは限らないのが人間だよ、などという雑な答えでお茶を濁すことはせず、中野は神妙な声音を返した。

「脳の機能とか分泌物に支配されてるんだから仕方ないんじゃないかな。そういうメカニズムなんだよ。人間の脳味噌ってのは、自分を守るために辛《つら》いことはちゃんと忘れるよう、都合良くできてる。それでも性能には個体差があるだろうし、忘れるまでの所要時間とか必要条件ってのは千差万別だと思うから、まぁ要するに……」

画面の男はいま、生ける屍《しかばね》のような有り様で路上生活を送っていた。

「彼の場合は、一旦《いったん》あぁなるのが必要なプロセスなんだよ。メンタルの燃費が悪いんだろうね」

「燃費か」

「あと、ついでに言っとくけど、俺はあんたを代替可能なパーツだなんて思ってないよ？」

何気なく口にしたセリフに嘘はなかった。

パーツだとは思っていない。パーツ以外の何だという思いもない。

転がり込んできて半年という月日にしては、一緒に過ごしてきた時間が少なすぎる同居人。たまに大金とビールを持ち帰る習慣以外、未《いま》だに素性の一切がわからない。それでも不思議と空気のように馴染《なじ》みはじめた存在が二度と帰らないとなったとき、自分はどんなふうに感じるんだろう？

考えながら何気なくベッドの上を見て目がぶつかった。

洗《あら》い晒《ざら》したまま無造作に落ちかかる前髪の間から、何か言いたげな視線がこちらを見つめていた。テレビではなく、真っ直ぐに中野のほうを。

「――――」

息を潜めるような沈黙は、ほんの数秒だった。

するりと逸《そ》れていった目を追うような気分でボトルをローテーブルに置き、立ち上がってベッドの端に尻《しり》を載せても、坂上はわずかに体勢を変えただけで避《よ》けるでもなかった。中野がボトルビールを取り上げても、肩に触れてベッドに押しつけても、何故、とも、何を、とも言わなかった。

無言で見上げてくる熱のこもらない面構え。特徴がない上に表情も乏しくて印象に残らない顔立ちは、実はそれなりに整っているほうだと思う。むしろ、整然とした形や配置が個性を殺しているとも言える。そして不思議なくらい性というものを感じさせない外観は、同じくらい『生』とも無縁に見えた。

なのに時折、ひどく人間くさい何かが宿る。

例えば、何を言えばいいのかわからないって顔で黙り込むときの戸惑いの色。ついさっき寄越《よこ》していた視線のような、何か言いたげなもどかしさ。

前触れもなく現れては速やかにフェイドアウトするそれらが、他人への興味を抱きづらい中野の神経を刺激し、摩耗した箇所から滑り込み、居座って、知らないうちに浸透しつつある感覚を否定する気はない。

が――だからって、二種類の性染色体を持つ相手と性的な用途でベッドをともにするとは考えもしなかったし、剝《む》き出しにさせた脚の間に押し入ってもなお、初めて体感するような衝動の正体はわからなかった。

ただ、これまで二人の間にあった一定の距離がなくなって、ゼロになるどころかマイナスになった。その事実だけが目の前にあった。

坂上が息を殺して枕に後頭部を擦《こす》りつける。汗ばんで揉《も》みくちゃになったチェックシャツを剝《は》ぎ取って床に放るとき、さっきあれだけヘコんでいた映画の主人公も、新たな『運命の女』と濃厚な濡れ場を演じていた。対するこちらは、画面が映し出す熱気には遠く及ばない。

それでも、同居人は普段のニュートラルな風情と比べたら遙《はる》かに人間らしく興奮していて、勃《た》つべきものもちゃんと勃っている。どうやら機能は正常らしい。

濡れた先端から手のひらを滑らせると、拒むように手首を握られた。食い縛っていた歯列から漏れてきた声の悩ましさに、中野の鳩尾《みぞおち》の奥がゾクゾクと疼《うず》いた。

捲《めく》れたTシャツの裾《すそ》から覗《のぞ》く、適度に割れた腹筋。呼吸に合わせて形を変える下腹の陰影が不意に乱れ、坂上が枕の端を握り締めて堪《た》えかねるようにこう口走った。

「ちょ——抜け」

「いま？　抜いてどうすんの？」

「いいから、ヤバいからマジで……！」

何がどうヤバいのか尋ねる間もなかった。

表情を一変させて枕の下に右手を突っ込んだ彼は、そこから抜き取った黒い拳銃《けんじゅう》を玄関のほうに向けるなりトリガーを絞った。続けて二度。

これには、さすがの中野も行為を中断した。理由のひとつは目の前の出来事に面喰《めんく》らい、ひとつは下手に動いたら危ないと本能が告げたからで、最後のひとつは音圧に鼓膜を叩《たた》かれたせいだった。

銃口が示すルートを目で辿《たど》ると、玄関と居室を仕切るドアの辺りに男が倒れていた。スーツ姿、ここから見える限りでは二十代から五十代の間。俯《うつぶ》せだし、光源がテレビしかないから確かなことは言えないけど、中野が知る人物じゃなさそうだった。

クソ、と吐き捨てた坂上が、らしくもなく強い語調をぶつけてきた。

「だからヤバいって言っただろ⁉」

「いや、そういうヤバさとは思わないし……ていうか、いつの間にそんなものを枕の下に仕込んでたんだよ？」

「いいから早く抜けって、そんで——」

鳩尾を押し返してくる手のひらに構わず、中野は彼の尻を摑《つか》んで強引に下半身を捩《ね》じ込んだ。途切れた声が掠《かす》れて短い尾を引き、短い息継ぎに続いて非難が飛んでくる。

「だからいま、こんな場合じゃ……！」

「だってあとちょっとだったのに、まぁつまり、あとちょっとだから」

宥《なだ》めるために口にした言葉は、我ながら意味不明だった。

坂上が握っている黒い武器が目に入らないわけじゃない。部屋の入口に倒れている男の存在も承知してはいる。が、そんなことより、行為を完遂しようという謎の強迫観念が頭の芯《しん》を突き上げていた。

分泌物だ。直面した現実をシャットアウトしてコイツとやれ、と脳味噌が下す指令。アドレナリンに命じられるままゴールを目指し、飛び込み、組み敷いた腹めがけて弛《し》緩《かん》した直後、次のアクシデントが到来した。

息つく間もなく両手で鉄砲をグリップした坂上が、再び玄関に向かって二発ぶっ放し、間髪を容《い》れず跳ね起きた。

ヘッドボードのティッシュボックスから数枚引き抜き、乱暴に腹を拭《ぬぐ》いながらベッドを降りた彼は、床に落ちていたボクサーブリーフを拾って穿《は》きつつ侵入者に近寄る、という一連の動作を流れるようにやってのけた。その間も、黒い合金の武器は身体の一部のように右手から離れることはなかった。

落ち着きを取り戻した中野は、ようやくクリアな頭で死体が増えていることを認識した。ひとり目の男のそばに、別のスーツ姿が一体転がっていた。

あの二人は、坂上相手に腰を振る中野の尻を目撃した可能性が高い。つまり、男が他人様《ひとさま》に見せるべきじゃない姿のひとつを、どこの誰とも知れない野郎たちに見られてしまったことになる。

ただまぁ不幸中の幸いで、その光景についてどうこう思われたり吹聴《ふいちょう》されたりする心配はなかった。何しろ彼らはもう死人だ。

「ソイツら、誰?」

ひとり目の身体を足先で引っくり返している背中に訊《き》いてみた。が、答えはなく、坂上は男たちの懐からスマホやカードケースらしきものを抜いて引き返してきた。

「いいか、俺が消えたらあんたは通報しろ」

そう言いながらデニムを穿いて腰の後ろに銃を突っ込んだ彼は、皺《しわ》になったチェックシャツをTシャツの上に羽織り、こう続けた。

「既に近所の誰かがやってるかもしんねぇけど、とにかく警察がきたら、知らないヤツらがいきなり入ってきてドンパチやらかして、コイツらを撃った犯人は逃げてったって言うんだ。どうやって入ったのか訊かれたら、たまたま鍵《かぎ》をかけ忘れてたってな」

「あぁ……うん？」

「言ってることわかってるか？」

「わかるけど、そんなざっくりしてて大丈夫？」

「いいから言うとおりにしてくれ」

「じゃあさ、逃げてったのはどんなヤツだったかって訊かれたら何て言えばいい？」

「任せる」

坂上は短く答えてドアの隙間から外を覗くなり、滑り出るように姿を消した。

ひとり残された中野は、テレビの中でもドンパチが繰り広げられていることにようやく気づいた。緊迫したBGMに、マズルから噴き出す高圧ガスのサウンドがランダムに入り混じる。しかし残念ながら、リアルに間近で耳を打たれた直後では比較にならないほどリアリティに欠けていた。

身なりを整え、言われたとおりに一一〇番しようとスマホを手にして、倒れている二人を見るともなく眺めた。いま、彼らの下には血溜《ちだ》まりが広がりつつある。

銃撃戦はおろか、目の前で人が殺されるのも、血を流す死体とともに置き去りにされるのも、何もかもが初めての体験だった。なのに、本来感じるべきであろう恐怖心や戸惑いみたいなものは一切なかった。せいぜい、シュルレアリスムの芸術作品でも鑑賞しているような気分でしかない。

いわゆる喜怒哀楽が標準より少なめだという自覚は、これまでもあった。

坂上と逆だ。彼は表現するのが苦手なだけで、肚《はら》の裡《うち》に詰まった沢山の感情が窮屈そうに藻掻《もが》いているように見える。

片や、中野の内側には積極的に動くヤツがいない。己の裡にいる怠惰な蟲《むし》たちは思い思いの巣にこもって出てこようとせず、だから幸い、居所が悪いということも滅多にない。

ソイツらは、直面する出来事がデカければデカいほど面倒を察知して動かなくなる。情動という名の蟲たちは一匹残らず寝床に引き揚げ、全てが他人事《ひとごと》みたいに息を潜めて同じ反応を示す。

そのレスポンスコードを返すのは自分の役割じゃない——と。

今夜、こうして人間の生死が絡む珍事に直面したことで、中野は改めて自認した。死体に動揺するような蟲は、どうやら己の裡に棲息《せいそく》しないらしい。だけどソイツは欠如じゃない。単なる脳味噌《のうみそ》の特性だ。

医学的には何らかの障がいなのかもしれない。だとしても、物事に興味が湧かないというだけで病気扱いされてはたまらないし、むしろ表面的には平均以上に円滑な社会生活を送れているという自負もある。それに、死体を前にあらぬ興奮をおぼえるような性癖と比べたら、何も感じないほうが遥かに健全だろう。

とにかく死体はどうでも良かった。そんなことより、この状況がもたらす厄介のほうが頭痛の種だった。

これが手の込んだ悪ふざけでもない限り、得体の知れない揉《も》め事に巻き込まれたのは疑いようがない。明日《あした》も仕事で、朝イチから会議まであるってのに、この調子じゃ寝不足で朝を迎えそうな予感がする。そもそも今夜はここで寝られるのか。どこかへ移動することにでもなれば、さらに時間のロスが生じてしまう。

気になることはほかにもあった。

つい先日フルオーダーで作ったばかりのビジネスシューズが、二番目に撃たれた男の踵《かかと》で踏まれているようだ。間違いなく型崩れしそうだし、もしも血の染みなんかついてしまったら、いくら撥水《はっすい》コーティングされていてもアウトなんじゃないか。

が、起こってしまったものをあれこれ考えても仕方がなく、いまは坂上に言われた手順をこなすしかない。

中野は溜《た》め息《いき》を吐いてスマホに目を落とした。


通報の電話で、巻き添えを喰《く》らって怯《おび》える不運な住民を装うのは造作《ぞうさ》もなかった。

通話を終えた中野は、テーブルの上にあったボトルビールを一本洗ってゴミ箱に放り、もう一本を口に運ぶ途中で、ふと思いついて洗面所に入った。坂上の歯磨きセットを捨てるためだった。指示されてはいないけど、同居人の存在を嗅《か》ぎ取られるようなアイテムは処分したほうが無難な気がしたからだ。

歯ブラシが挿さったプラカップを手に、ほかに捨てるべきものはなかったか……と考えながら部屋に戻ったところで足が止まった。

倒れていた男たちの片割れが、生命の残り滓《かす》を絞り尽くさんとする面構えで銃口をこちらに向けていた。

――死んだんじゃなかったのか？

疑問と空白が訪れた一瞬後、男の額に小さな穴があいた。

ハッと振り返ると、テレビ画面の中からこちらに銃を向ける映画の主人公と目が合った。その銃口からわざとらしく漂う、ひと筋の硝煙。

――まさかアイツが撃ったのか？

半ば本気で思ったとき、ベランダの出入口に立つ人影にようやく気づいた。

去ったはずの坂上がそこにいた。右手には相変わらず黒い鉄砲がある。銃声を聞いた気がしないのは、テレビの音声に紛れたせいかもしれない。

「あれ？　あんた、どっからきたんだ？」

「ベランダ」

放るようなひとことが返ってきた。

窓の鍵開いてたっけ？　とか、どんなルートで二階のベランダに戻ってきたんだ？　という疑問が頭を掠《かす》めたけど、どちらも口にするのはやめて代わりにこう尋ねた。

「忘れ物？」

「もしかしたら生きてたかもしれないって、途中でふと思って」

主語は、いま仕留めた男だろうか。

だけどそれって、たまたま運良く間に合っただけで、手遅れだった可能性も大なんじゃないのか――？　思ったが、これも口にはしなかった。過ぎたことを言ったところで意味はないし、実際に間に合ったんだから終わり良ければ何とやら、だ。

「でも狙われてんのは俺じゃなくて坂上、あんただよな？　だったら、あの」

と、中野は立てた親指を侵入者たちに向けた。

「死に損なってたヤツが俺を殺《や》る必要はないと思うんだけど、アイツはなんであんなに頑張って俺を撃とうとしたんだろう？　死んだフリしてれば助かったかもしんないのにさ」

「目撃者だからじゃないか？」

坂上は素っ気なく答えてスニーカーのまま中野の横をすり抜け、倒れている男たちの頭部に駄目押しの銃弾を撃ち込んだ。それから振り向いて言った。

「あんた、なんでそんなに落ち着いてんのか知らねぇけど、警察がきたらちゃんと怯えてみせろよ」

「落ち着いてる理由なんて別にないけど、わかってるよ。任せて」

「それと、この部屋はすぐ引き払え」

「やっぱり、そうなる？」

「まぁ、足りなかったらね。ところで引っ越し先は近場でも大丈夫なのかな。山手《やまて》通りとか青梅《おうめ》街道を渡って、反対側に移動する程度とかでも?」

「だって別のエリアに引っ越したら、俺とあんたが中野と坂上じゃなくなるだろ?」

彼はイエスともノーともつかない無言の目を寄越《よこ》した。

「——」

「金庫のカネを遣ってくれていい」

「今度は二部屋あるところに引っ越して、あんたのベッドも用意しておくよ」

だからいつでもくればいい。

そうつけ加えるかどうかを迷ったとき、サイレンの音が聞こえてきて、気を取られた。

わずかな隙に今度こそ同居人は姿を消していた。

中野は数秒放心して、暗い掃き出し窓を見るともなく眺めた。そういえば、彼は外から戻ってきたはずなのに濡《ぬ》れた様子がなかった。雨はもう止んだのか。

ふと、窓枠の隙間に挟まる白い紙片が目に入った。

メモ用紙くらいのソイツを抜き取ってひらくと、十一桁《けた》の数字が走り書きされていた。単純に考えれば電話番号だろうか。そういえば自分たちはこれまで、互いの連絡先すら知らなかった。

ひょっとして、戻ってきた本当の理由はこれだったとか——?

考えて、まさかと打ち消す。

外階段を駆け上がってくる複数の足音が響いて、すぐに忙《せわ》しないノックと警察官を名乗る声が飛んできた。

中野は紙切れを尻《しり》ポケットに突っ込んでひとつ息を吸い、怯える一般市民の顔を作って応答を投げ返した。

第一章

1

夏の訪れを肌で実感するようになった七月の、眩《まぶ》しいほどに晴れた日曜の午後。

不動産屋のガラスにずらりと貼られた物件情報を覗《のぞ》き込んでいたら、突然背後で声がした。

「あんたが住むのはそこじゃない」

振り返ると坂上が立っていた。

アパートの窓から消えて以来、およそひと月ぶりの再会だった。

あの事件のあと、中野は転居先が決まるまでの仮住まいとして地元のマンスリーマンションに転がり込んだ。

ところが、ちょうど仕事が立て込んでしまったことや雨続きという天候のせいで腰が重く、のらりくらりと部屋探しを先延ばしにするうちに、気づけばちっとも進展しないまま梅雨が明けていた。

未《いま》だ契約中のアパートから必要最低限の物資だけを持ち出して、残りは丸ごと置きっぱなし。もともと大して所持品があるわけでもないから、家具家電つきのシンプルな部屋で過ごすミニマルライフはなかなか性に合っていて、しばらく月契約の住まいを渡り歩くのも選択肢のひとつかな……なんて考えるようになっていた。

賃料はこれまでの倍になるものの、当面は困らない程度の収入や蓄えならあるし、中野の暮らしは基本的な生活費以外の出費がほとんどない。

金融業界の末席を汚し、富裕層のカネにまつわる何でも屋――プライベートバンカーという生業《なりわい》でメシを食う者として、身なりにかかわるアイテムだけは質の良いものを揃えている。が、生来、なくても生きていけるものや簡単に捨てられないものは持ちたくない質《たち》だ。

ついでに、モノだけじゃなく生活に不必要な意匠や面積、クソの役にも立たないステイタスとやらにも興味がない。

住まいなんて不自由なく日々を生きていければ十分で、言うまでもなくタワマンの高層階で下界を眺めて悦に入るような変態でもなければ、低層階で劣等感に塗《まみ》れながら己を磨《す》り減らすようなドMでもない。

それに、カネがかかる趣味もない。カネがかからない趣味もない。

クライアントのゴルフにもつき合わない。以前に一度、ゴリ押ししてくる顧客がいたから仕方なく同行したら、グリーンの上でひとり娘とやらに引き合わされた。以来、どの客が何と言おうと業務外のレジャーは断固ご辞退申し上げることにしている。

だから休日の暇潰《ひまつぶ》しは、これといった用事がない限り、資格の勉強やクライアントの御用聞きくらいしかない。結果、特に情熱を燃やすつもりもない仕事が勝手にキャリアアップの一途を辿《たど》り、おかげでマンスリーマンションを転々としたって経済的に困窮しない身の上ではあった。

それでも本当に何もすることがない休日の昼下がり、メシを買いに出た途中で不動産屋のガラスに並ぶ物件たちが目に入って、一応見ておくか……くらいの気持ちで眺めていたら、元同居人に出くわした——もとい、忍び寄られたというわけだ。

背後に立った時点でガラスに映り込んだはずなのに、声をかけられるまで全く気づかなかった。相変わらずのニュートラルな存在感で佇《たたず》む坂上は、まるで昆虫の擬態みたいに風景と同化して見えた。

もう会うことはないのかもしれない。そもそも彼は幻だったんじゃないか。最近ではそんなふうに思うようにもなっていたというのに、ソイツはいま、呆《あき》れるくらい以前のまま端然と目の前に存在している。

「そこじゃない——ってことは、じゃあ俺が住むのはどこ？」

坂上に倣って挨拶《あいさつ》抜きで訊《き》き返すと、彼は無言で方向転換して歩きはじめた。だから中野もメシを買うのは後回しにして、グレイ系のチェックシャツの背中にブラブラとついていった。

社会人になった当初から、中野はずっと中野坂上に住んでいた。この土地を選んだ理由は特にない。どこで暮らすかを考えるために路線図を眺めて、最初に目についた駅が通勤に支障もなさそうだったから、そこに決めたというだけだ。

その後、徐々に収入が増えて余裕が生まれても同じアパートに住み続けた。これといって不満はないし、取り壊す話も出なかったから引っ越す理由がなかった。

が、かれこれ十五年ほど中野坂上在住となる身であっても、幹線道路を挟んだ対岸の住宅地なんてそうそう訪れる機会はない。山手通りを越え、右手に進んで、馴染《なじ》みのなかったエリアへ入っていくと、これまでの居住エリアとは趣の異なる町並みが広がっていた。

戸建てやアパート、小規模マンションの間を縫って入り組んだ路地を歩き、やがて二人は、一角に建つ昭和レトロなコンクリート製のアパートに辿り着いた。

正しくは何というカテゴリの建物なのか中野にはわからない。とにかく年季を感じさせる直方体の三階建てで、一階は大昔に廃業したに違いないメシ屋だった。

錆《さび》が浮いたシャッターの上には、文字が消えかけた『いづみ食堂』の看板が掲げられたまま。正面に向かって左サイドの壁に、剝《む》き出しの階段と古びた銀色の郵便受けが二つ設置されている。どうやら二階と三階がワンフロア一戸ずつの賃貸物件らしい。空のネームプレートを見る限り両方とも空室のようだから、どちらかに住めってことなんだろうか。

しかし結論から言うと、中野が住むことになるのはどちらでもなかった。

彼らはまず、鉄骨の外階段を上がって二階の部屋に入った。ガランとした室内は、手前が古色蒼然《こしょくそうぜん》とした台所で――決して『キッチン』じゃない――奥に居室が二部屋並んでいた。右が洋室、左が和室だ。

坂上は土足で台所を横切り、和室に進んで押入れを開けた。するとそこに収納スペースはなく、上下に伸びる狭くて急勾配《きゅうこうばい》の階段が現れた。

呆気《あっけ》に取られながらも促されて下りていくと、板張りのドアの向こうは廃墟《はいきょ》同然の食堂店内だった。

椅子を逆さに積んだテーブルたちや、壁際に放置された段ボール類。時間が止まったまま忘れ去られたような空間で、全ての窓を塞《ふさ》ぐ板材が妙に新しいことに違和感をおぼえた。そういえば灯《あか》りも勝手に点《つ》いた気がするから、天井の蛍光灯は人感センサーなのかもしれない。

出てきたドアの前にはレジカウンターがあり、ソイツを回り込んでから中野は振り返った。階段の出入口は、レジの背後の戸棚を装った扉だった。

打放しコンクリートのフロアを横切って、今度は厨房《ちゅうぼう》の手前にある別のドアへ。安っぽい合板の目の高さに『御手洗』と印字された古めかしいプレートが貼りついていて、中には案の定トイレの設備はなかった。ぽっかり口を空けた床は、さらに下へと続く階段になっていた。

一階分ほど下ったところに立ちはだかる頑強そうな金属製の扉は、真新しいテンキー装備のノブで坂上が解錠すると、見た目のわりに軽やかな動作でするりとひらいた。

中野は数秒、目の前の空間を無言で眺めた。

プレハブの中に造られたマンションのモデルルームみたいに嘘くさくて、だだっ広い部屋。玄関や廊下はない。三和土《たたき》もシューズボックスもない。足もとは一面、コンクリート調のクッションフロアで、壁や天井は素っ気ないほどの白一色。

入口から見渡せる範囲に、ベッドとダイニングテーブルが配置されている。正面の壁にはドアと壁掛けのテレビが各一枚。左手に置かれたベッドの向こうに壁の切れ目があり、覗いてみるとカウンターを隔ててキッチンがあった。さらに奥へと続く廊下沿いに、洗面スペースやバスルームといった水回りの設備が並んでいるようだ。

「――まさかとは思うけど、俺にここで暮らせとか言うつもり？　上の部屋じゃなくて？」

「引っ越し屋の荷物は上に運ばせる」

「でも？」

「あそこはダミーだ」

「だけどここ、窓ないよね」

「窓が必要か？」

「マストじゃないけど、人間だって換気しないと」

「どうせ毎日、出勤で外に出るだろ」

「家にいるときこそ、リフレッシュしたいんだけどな」

「常時換気システムが稼働してるし、どうしても息苦しくなったら上に上がればいい」

「いや……魚じゃないんだから」


でも結局、中野は地底の住人になった。

まるでスパイ映画のセーフハウスみたいな話だけど、そんなカッコいいものじゃない。

建物は築何十年なのかと首を捻《ひね》りたくなる古臭さ。外階段の鉄骨は錆だらけだし、煤《すす》けた外壁のそこかしこをひび割れが縦横無尽に走っている。

地下室以外はひたすらノスタルジックなだけで、どこかを開けたらピカピカの隠し部屋があって最先端のハイテク機器がお目見えするとか、壁一面にズラリと武器が並んでいるなんてこともない。ハイテクどころか、狭くて暗くて急勾配な押入れの階段なんて、注意を払わないと転落しそうになる。

戸外との出入りに使うのは、もっぱら二階の部屋の玄関だ。だから外出のたびに、外階段も含めて都合三階層分の昇降を余儀なくされる。

ただ、地下室以外は使えないってわけじゃなく、建物内にある出入口の鍵《かぎ》は全て渡されていた。

空っぽの三階は色褪《いろあ》せた畳の上で昼寝するくらいしか用途がないものの、電気、ガス、水道などの生活インフラが機能している二階はアパートで使っていた家具家電を置いて、カムフラージュの住居としての体裁を整えてある。初めて訪れたときは土足で上がり込んだ室内も、転居後は靴を持って移動していた。

本当なら二階の玄関で靴の脱ぎ履きを完結できれば面倒がないのに、一階の廃店や地下室が土足とくる。これについては遠からず改善を求めたいと、中野は密《ひそ》かに考えている。

そのほかには屋上の出入りも自由で、天気さえ良ければ洗濯物を干したりビールを飲んだりと、なかなか快適な使い方ができた。

一方、長閑《のどか》な地上とは違って、地下空間は同居人が心置きなく銃をぶっ放すための完全な防音仕様となっていた。入口の厳《いか》つい扉もそのためらしい。

玄関の正面に位置するドアは射撃訓練スペースの出入口で、特殊な壁を組んだ細長い内部は跳弾防止がどうとか、停弾装置がどうとか——坂上が一度、気のない口調で簡単に説明してくれたけど早々に忘れてしまった。

さらに、そんな部屋があるにもかかわらず、室内に入ってすぐの壁一面が跳弾防止材で覆われ、簡易のバックストップとして使われている。

ちょっとぶっ放したい、だけど射撃訓練部屋に入るのは面倒……というときに、坂上がふらりと弾を撃ち込むための仕様だ。が、そんな気分になること自体、中野には理解しがたい。

とにかく、相変わらず帰ったり帰らなかったりの同居人がいないとき、扉を閉めてしまえば外界の音が何ひとつ入ってこない部屋で中野はひとり過ごすことになる。

深夜、不意に唸《うな》り出す冷蔵庫のモーター音で目覚めるほどの、完璧《かんぺき》な静寂。お年寄り並みにテレビのボリュームを上げようが、大音量で音楽を聴こうが、近所からの苦情なんか一切こない防音室。ただし、どちらもしようとは思わない。

ここで暮らしはじめた頃、中野は一度こう尋ねたことがあった。

「俺までこんな生活しなきゃならないぐらい、アパートの事件を目撃したのってヤバいことだった？」

すると数秒の沈黙を挟んで、坂上は素っ気なく答えた。

「知らないほうがいい」

「あ、そう……でも家をこんなに頑丈にしても、普通に毎日会社行ってるしさ。外で何かが起こるチャンスはいくらでもあるよね」

「その可能性は低いし、できる手は打ってある」

「どんな手？」

「あんたが知る必要はない」

「あぁ……そう」

会話はそれだけだった。

喉に手を突っ込んで情報を引っ張り出せるなら試してみるけど、そういうわけにもいかない。それに、何だかんだ言ったところでまた引っ越すのも面倒だし、こんな部屋だからこその利点がないわけでもない。

筒状の金属がゴトリと音を立てた。

ダイニングテーブルの上では、さまざまな形状のパーツやら小さなピンやらスプリングに至るまで、完膚なきまでにバラされた銃の部品が神経質なくらい几帳面《きちょうめん》に整列している。

地下室での共同生活がはじまると、坂上は中野の前で堂々と鉄砲を出すようになった。それでも未《いま》だに彼の素性も、アパートの侵入者たちの正体もわからない。指示されたとおり警察に説明した作り話が、あんなにざっくりした内容にもかかわらず、あっさり済んでしまったことも腑《ふ》に落ちない。だけど訊《き》いたって教えてくれないから、真相を知る努力はとっくに放棄していた。

中野は目の前で進行中の作業を見るともなく眺めて、ボトルビールを口に運んだ。

黙々と銃のメンテナンスをする彼の姿は、夢中でブロックを組み立てる男児を彷彿《ほうふつ》させなくもない。違うのは眼差《まなざ》しくらいか。夢や好奇心が溢《あふ》れる子どもの目と異なり、坂上のそれは一切の熱がこもらない。

ところが、見た目が普段と変わらないからって、油断して話しかけようものなら生命の危機が訪れる。

彼の場合、特に分解と組み立て、とりわけ組み立て時が最も要注意で、一度そのタイミングで鉄砲の素材について質問しかけたら無言で別の銃を向けられた。

おざなりに向けただけじゃない。片手でしっかりグリップされたソイツが真っ直ぐこちらを狙い、銃身の延長線上から静謐《せいひつ》な目がピタリと中野を捉《とら》えていた。人差し指はトリガーガードの外に出していたとは言え、要するにそれくらい腹立たしいってことなんだろう。

以来、銃の分解がはじまったら声をかけないことにした。

中野はリモコンを引き寄せ、テレビをオンにしてボリュームを絞った。銃のメンテナンス中であっても話しかけさえしなければ、テレビを点《つ》けようが電話をしようが坂上は気にも留めない。

二人ともバラエティ番組は好きじゃないから、動画配信サービスの海外ドラマにチャンネルを合わせて適当に番組を選び、ボトルをひと口呷《あお》る。

坂上が持ち帰るビールに決まった銘柄はなく、大抵は海外の銘柄で、都度さまざまなものがお目見えした。今夜のラベルは、頭に王冠を戴《いただ》いた騎士みたいなファッションのキャラクタがプリントされている。商品名を見る限り、どうやらコイツはゾンビらしい。

特徴的なフォントを直訳すると、ゾンビの――塵《ちり》？

中野はゾンビの塵を飲みながら画面のドラマを目で追い、時折テーブルの向こうの同居人を観察した。

銃の世界には明るくないから、いまそこで分解されているのがどこのメーカーの何というモデルなのかも、並んだパーツたちがそれぞれどんな役割を果たすのかも知らない。ただ、集中している彼の顔を眺めるのは好きだった。

やがて、坂上が慣れた手つきで銃を組み直し、グリップにマガジンを突っ込んで遊底をスライドさせるなり、前方に腕を伸ばして立て続けに三発ぶっ放した。

中野の隣の席越しに飛んでいった鉛玉が入口脇のバックストップに吸い込まれたであろうことは、振り向いて確認するまでもなくわかった。

が、ちょうどそのときテレビの画面でも元FBIエージェントの女が仇敵《きゅうてき》である上司の胸倉に同じ数の弾を喰《く》らわすところで、臨場感がありすぎる効果音付きでそのシーンを鑑賞した中野は、ゆっくりと同居人に顔を向けてこう言った。

「撃つ前にひとこと言ってくれると有り難いな。この距離だと、さすがにびっくりするから」

「いるのを忘れてた」

「またまた、そんな」

坂上はそれ以上反応せず、テーブルに銃を置いてキッチンに消えた。

中野も椅子を立って彼を追い、冷蔵庫を覗《のぞ》き込む背中に近づいた。鉄砲のメンテナンスを終えた直後で神経が弛《ゆる》んでいるのか、ボトルビールを手に振り向きかけた横顔は心なしか無防備に見えた。その腰を抱いて冷蔵庫に押しつけ、後ろから耳に唇で触れると、腕の中の身体が微《かす》かに強張《こわば》るのが伝わってきた。

舐《な》め取った耳朶《みみたぶ》にはピアスホールの痕跡《こんせき》があった。右にひとつ、左に二つ。そこにピアスが刺さっているところを中野は見たことがない。

「あんた、ピアスしないの？」

尋ねると低い呟《つぶや》きが返った。

「しない」

「せっかく開いてんのに？」

「開けたのはガキの頃の若気の至りだ」

「へぇ、そんな頃のあんたも見てみたかったな」

「――――」

何か言いたげな風情の短い沈黙が訪れ、すぐに素っ気ない声音が投げ出された。

「とにかく、もうその穴は使わない」

「なんで？」

「質問が多いな、あんた」

「ピアスの穴を使わない決意の理由ぐらい、別に教えてくれても良くない？」

「目印を作らないために装飾品を使うのをやめたってだけだ」

もっともらしい答えではあった。坂上には個性というものがない。

形状と配置は整っているのに、そうと思って見なければ気づかない造作《ぞうさく》。流行《はや》りとは無関係のシンプルな髪型、服装。何かが起こったとき、その場にいた人々の記憶に最も残りにくいタイプ。日々、何をしているのかは知らないけど、ヤバい仕事に絡むなら無個性は最大の隠れ蓑《みの》だろう。

会話はそこで途切れ、その先は彼の服を剝《は》ぎ取ってベッドに沈めるまで、大して時間はかからなかった。

行為の最中、坂上は日常よりも遙《はる》かに饒舌《じょうぜつ》になる。語数ではなく、声にちゃんと感情がこもるという意味で。

だからセックスのときには彼の反応を引き出すのが密《ひそ》かな楽しみだったし、隣近所を憚《はばか》る必要がないという地下の利点も中野は気に入っていた。

が──平素の姿が嘘のように興奮を見せた坂上は、終わった途端、今度は行為中の姿が嘘のように速やかに平素の色合いへと戻ってしまう。

余韻なんかこれっぽっちもない。身体を起こしたその顔に滲《にじ》んで見えるのは「やっちまった」とでも言いたげな不本意の色だけだ。

「あぁ、クソ……」

彼は今日もそう呟くと、童話のパン屑《くず》みたいに点々と床に落ちていた衣類を次々拾ってバスルームへと消えた。

それを見送ったあと、中野もベッドを降りてキッチンに向かった。

風呂上《ふろあ》がりに夜食を要求されるに違いないから、戻ってくるまでに何か作っておいたほうがいいだろう。あんなに生への執着とは無縁そうなのに、同居人は意外と食い意地が張っている。

まぁ、腹が減っては戦ができないし、戦のあとには腹が減るものだ。

2

数日ぶりに定時退社したその日、昨夜から降り続いた雨は夕方にはすっかり止んでいた。代わりに、午後になってグッと気温が上がったせいで、ひどく蒸し暑い。

中野は駅まで歩きながら坂上に電話をかけた。

最初に紙切れで受け取った番号は、再会した頃にはとっくに不通になっていた。地下室で暮らしはじめてからも既に何度か変わっていて、現在のものがいくつ目の番号なのかは、もうわからない。

うち一度なんか、一緒にメシを食った帰りに坂上のもとに着電して、歩きながら通話を終えた——正しくは耳に当てただけで、ひとことも喋《しゃべ》らずに切った——彼は、そのまま抜き取ったSIMカードを側溝の格子状《グレーチング》の蓋に放り、通りすがりのコンビニのゴミ箱に端末を捨てて、電話なんか持っていなかったかのような顔で「腹が減った」と低く吐いた。——繰り返す。メシを食った帰りに、だ。

とにかく、いまかけているのは昨日聞いたばかりの番号だから、いくら何でも通じるだろう。そう期待していたら、コールを三回聞いたあと無事に本人が出た。

「なんだ？」

「ちょっと飲んで帰ろうかと思うんだけど、あんたもどう？」

「いや、俺はいい」

「あ、そう」

どこにいるのかを訊《き》こうと思ってやめた。こないと言う以上、所在を気にしたって意味はない。

地元まで戻り、坂上と知り合ったバーを覗いてみると、今夜はそこそこの混み具合だった。ざっと見たところ知っている顔はない。誰かいても当たり障りのない会話をするのは苦にならないけど、いなければ気楽でいられる。

ところが、カウンター席でウイスキーのロックをオーダーしてほどなく、隣のスツールに滑り込んできた女が中野に向かってこう囁《ささや》いた。

「一杯奢《おご》ってもらえない？」

確かに、見知らぬ赤の他人にいきなりそんな要求をしても許されるレベルの美女ではあった。何かの式典にでも出席した帰りかと思うような黒いドレスは、ボディラインを強調していて露出度も高い。

が、ここはマンハッタンでもなければ、百歩譲って銀座《ぎんざ》でもない。中野坂上だ。

何が狙いだ——？

一瞬そう勘繰り、次の一瞬で断ろうと考えた。しかし奢る理由もない反面、断る理由も見当たらない。それに、いくら相手が非常識だからって酒の一杯を渋るなんて、アラフォーリーマンの沽券《こけん》にかかわるというものだ。

中野は素早く愛想笑いを作った。

「喜んで」

すると女はカウンターの向こうに妖艶《ようえん》な笑みを投げ、躊躇《ためら》う素振りもなくウイスキーの銘柄を口にした。中野には馴染《なじ》みのない名前は、メニューの紙面になら見た憶《おぼ》えがあった。

待てよ、ソイツはウイスキー欄のラストに載ってるヤツだよな——？

価格順のリストで、だ。

ただまぁ、ジーンズにスニーカーでも気兼ねなく入れるようなバーだ。たったいま隣り合ったばかりの他人に断りもなく奢らせるものじゃないとは言え、目玉が飛び出るような価格でもない。その程度のことを四の五の言うような器の小さい男にもなりたくはないし、どうせ撤回するわけにもいかない。撤回しないのなら考えたって仕方がないから、中野はそっと息を吐いて諦《あきら》めた。

救いは、女の厚顔っぷりはともかく彼女は知識が広く話術に長《た》けていて、決して退屈はしなかったことか。

それでも二杯目を求められたら、きっといい気分はしないだろう。そう予測して早々に退散することを決めた中野の心は、だから帰り際にこんな誘いを受けたって、もちろん動かされるはずがなかった。

「ねぇ。よかったらこのあと、うちにこない？」

酒をねだったときよりも熱っぽく囁いた彼女の唇は十分に蠱惑《こわく》的で、眼差《まなざ》しはたっぷり色気を孕《はら》んでいた。が、残念ながら、この手のステレオタイプな武器に魅力を感じる蟲《むし》は中野の裡《うち》に存在しない。

しかも彼女は、そう――ラストウイスキーの女だ。

「せっかくだけど予定があるから」

「残念ね。じゃあ、せめて連絡先を教えてくれないかしら？」

「何のために？」

「もちろん、連絡するためよ」

「もしも再会できたら、そのときに教えるよ。二度目があれば、きっと何かの運命だからね」

我ながら上出来な回答だったと満足して、中野は店をあとにした。

――が。

山手通りを北上して信号を渡り、住宅地へと潜っていく階段を下りたところで、振り切ったはずの女が何故か前方の角から現れた。

「あら、もう再会できるなんて。これって何かの運命よね？」

中野は数秒、美しい笑みを無言で眺めた。

深く抉《えぐ》れた胸もとから覗《のぞ》く豊満な谷間、折れそうに細いウエスト、膝上《ひざうえ》のドレスからスラリと伸びる脚線美までを順に目で追い、最後に背後を振り返った。

バーからここに至るまでの道のりは、中野の知る限り最短ルートだった。

もちろん、地下駐輪場経由で猛ダッシュしてきたとか、山手通りの中央分離帯の柵《さく》を乗り越えて横断禁止区域を渡ってきたとか、先回りする手段が皆無とは言わない。しかし、彼女のアンクルストラップ付きの黒いサンダルは、十センチくらいありそうな細いヒールに支えられている。最低でもソイツを脱がなければ、自力のアクションは不可能に思える。

となれば乗り物を使うのが現実的だけど、クルマではルートが難しい。かと言って、チャリンコで全力疾走してきたわりにはコンディションの乱れがない。

「安心して、私だけよ」

女の声に中野は顔を戻した。どうやら、仲間がいることを警戒したとでも勘違いされたようだ。

「ひとつ訊いていい？」

「何かしら？」

「どういう理由で俺を追ってきたわけ？」

「あなたがとっても素敵だからよ」

「へぇ」

「と言いたいところだけど、残念なことに目的はあなたの命。あぁでも、誤解しないで？　これが仕事じゃなきゃ、私だってこんな無粋なことは言わずにベッドに誘いたいと思ってるわ」

「まぁ、その最後のとこはどうでもいいよ。で、俺の命がほしい理由は？」

いちいち確認しなくても、アパートの事件の目撃者だからだとわかっていた。それでも一応尋ねながら、中野は女の右手にある小振りの拳銃《けんじゅう》をそれとなく眺めた。

坂上の武器と比べたらオモチャみたいに頼りない。だけど本当にオモチャなら、出会ったばかりの赤の他人をわざわざ追いかけてきてソイツを向けたりするなんて、相当イカレたヤツだ。

「そうやって無知な一般人みたいな顔をしても駄目よ。何もかも知ってるんでしょ？　じゃなきゃ、彼が自分のテリトリーに踏み込ませるわけがないもの」

「彼って？」

「質問攻めにして時間稼ぎでもしようっていうの？」

「別に、そんなつもりじゃないけどさ。誰の話をしてんのかわかんないし、俺を追ってきたのは人違いじゃないかな」

「いいえ、人違いじゃないわ。あなたが彼をどの名前で呼んでるのかは知らないけど、そうね。これなら私たちも話が通じるかしら？　通称――」

女の額に黒い穴があいた。

銃声を聞いた気がしないのは、減音器《サプレッサー》付きだったからなのか、それとも表通りを駆け抜けて行った改造車のバックファイアに紛れたのか。

アスファルトに崩れ落ちた黒いドレスと、頼りなく転がったオモチャみたいな拳銃。

それらを一瞥《いちべつ》して中野は内心で舌打ちした。

あとひと息だったのに——

そうね、だ。

あの取り澄ました一語が余計だった。

名前なんて、あり得ないほど長ったらしくない限り「そうね」と同じくらい短いはずだ。つまり、あの「そうね」さえなければ、いまごろ坂上の通称というヤツを聞けていたってのに。

全く、もったいぶるからだよな——？

さっき中野が下りてきた階段から、影のような人物が現れた。黒無地のTシャツに細身のブラックデニム、目深に被《かぶ》った黒いキャップ。左手にミネラルウォーターのペットボトルをぶらさげたまま、右手で腰の後ろに鉄砲を仕舞いながら近づいてくる。

同居人はそばに立つなり、挨拶《あいさつ》もなく水のボトルを放って寄越《よこ》した。

「血の跡を流しといてくれ」

それだけ言って路上の女を抱え上げ、階段と左手に建つマンションとの間のデッドスペースに入っていく。中野より十五センチ低い上に細身の彼は、屁《へ》でもない風情で荷物を奥に下ろして戻ると、そばにあった放置自転車の撤去警告看板をずらして無造作に入口を塞《ふさ》いだ。

中野は言われたとおりにアスファルトの染みを水で流し、ペットボトルの蓋《ふた》を締めながら立て看板の向こうにチラリと目を遣《や》った。

「彼女、あんなとこに置いといて平気？」

「すぐ片づけにくるから心配ない」

誰が、という主語はなかった。少なくとも、朝から街の浄化に勤《いそ》しむゴミ収集車の作業員じゃないのは確かだろう。

遠回りして帰るという坂上と一緒に、階段を上って山手通りに引き返した。駅のほうへ向かって歩く途中、コインパーキングの脇に置かれた自販機のゴミ箱に空のペットボトルを捨てて、中野はふと漏らした。

「彼女の一番の失敗は、酒のチョイスかな」

「何の話だ？」

バーで高い酒を奢《おご》らされたこと、店を出る際に誘われて断ったことを説明すると、坂上はチラリと横目を寄越した。

「じゃあ、奢らされたのが安酒だったら家までついてったのか？」

「俺はいかないけど、獲物を懐柔して誘い込みたいなら心証を良くしないとね。それはそうと、さっきの場所さ。いくら平日の夜で人通りも少ないからって、よく誰も通りかかんなかったよな」

言ってから中野はハッとした。

「待った。誰もいなかったのは幸いだとして、いまどきどこにでも防犯カメラがあるだろ？　あそこもどっかに……」

「その心配はない」

素っ気ない即答が遮った。

「根拠は？」

「そんなもの知ってどうするんだ？」

別にどうするつもりもなかったから無言で肩を竦《すく》めると、相変わらず熱のない口ぶりがポツリと続いた。

「――あんたは、何も知らなくていい」

その先は会話もなく、二人はブラブラと駅前の交差点まで辿《たど》り着いた。どういうルートで帰るつもりなのか、ちょうど青信号に変わった青梅街道の横断歩道を坂上はさっさと渡りはじめる。

「随分と回り道するんだね」

「腹が減ったからメシを食って帰る」

「なんだ、遠回りって夜ごはん？　もしかして、食べにいく途中でさっきの現場を通りかかったとか？」

「ミネラルウォーターと銃を持ってか？」

「銃はともかく、たまにいるだろ？　飲食店にペットボトル持ち込んで飲んじゃうヤツ。しかも空にして置いてったりとかさ」

「一緒にするな」

道路の対岸に渡り切って、駅の出入口から地下に降りた。これはどうやら、お気に入りの椎茸《しいたけ》そばでも食うつもりらしい——と思っていたら、彼は中華料理屋の方向じゃなく、ビル内の飲食店街に向かっていく。

「なんだ、中華じゃないのか」

「そのつもりだったけど焼き鳥にする」

「焼き鳥なら、さっきもあったのに」

「いま思いついたんだから、しょうがねぇだろ」

焼き鳥と言ったわりに、坂上はチェーン居酒屋の席に落ち着くなり、中野の意向も訊《き》かずに生ビール二丁と明太子《めんたいこ》おにぎりをオーダーした。

しかし、これが俯《うつむ》き気味にボソボソ言うものだから二度訊き返されてもまだ伝わらず、三度目は見かねた中野が代わりに伝えて、ようやく店員が去った。

「もうちょっと大きい声で言いなよ」

「言ってる」

意固地な主張に、反論はしないことにする。

「初《しょ》っ端《ぱな》からおにぎりなんて、よっぽど腹が減ってたんだね」

「だから減ってるって言っただろ」

すぐにジョッキ二丁がやってきた。蒸し暑い夜、アクシデントに見舞われたあとの冷えたアルコールは格別だった。殊に、バーでの酒が旨《うま》くなかったこともあり――隣にいた客のせいであって、決して店の責任じゃない――こうして同居人とサシで飲む時間が、いつにも増して贅沢《ぜいたく》に感じられた。

「で、ほかは何を食べんの？」

ビールを一気に減らした中野がメニューを眺めて尋ねると、坂上は頰杖《ほおづえ》を突いたまま抑えた声を寄越した。

「あんた、あんなことがあったばっかりでよく平気だな」

「うん？　平気じゃないよ。彼女が回収される前に無関係の通行人に発見されたり、どこかに映像が残ってたりしないか大いに心配してるよ。でも、大丈夫って言われたら気にしてもしょうがないし」

「そういうことじゃなくて……前のアパートのときもそうだったけど、動じなさすぎじゃねぇか？」

「いまさら、あんたがそれを言う？」

中野はメニューから目を上げて、こう続けた。

「まぁ、そういう人格を選んで生まれたわけじゃないから、どうしようもないね。けど、前にあんたも言っただろ？　他人は代替可能なパーツでしかない、みたいなこと」

坂上は無言で聞いている。

「自分の命を狙いにきた殺し屋なんて、俺にとっちゃパーツですらない。それが目の前でくたばったところで、いちいち――」

言いかけて正面の表情に気づいた。妙に硬い色合いがそこにあった。

同業の匂いがする坂上を前に、殺し屋は消耗パーツ以下だなんて発言は不適切だったかもしれない。中野は思い、素早く話の軌道を調整した。

「あんたの仕事が何であれ、そういう出会い方をしたわけじゃないんだから別だよ？　パーツなんかじゃないし、交換可能でもない」

「そんなこと訊いてない」

坂上は短く言って、この話は終わりだとばかりに呼び出しボタンを押した。最初のオーダーも中野が代役を務めたくらいなのに、店員なんか呼んで一体どうするつもりなのか。

「今度はちゃんと聞こえるように言えるかな？」

ニヤニヤ笑って首を傾けた中野に、射殺しそうな視線が飛んでくる。

そのくせ店員が登場すると、坂上はやっぱりシャイな風情たっぷりの面構えでヘルプを求める無言の目を寄越《よこ》した。

3

九月に入り、暦の上では秋が訪れても、残暑の衰えはまだまだ遠かった。

それでも帰宅して地下室に入った途端、暑気と仕事で疲れた身体を冷気が瞬時に包み込み、速やかに外界を忘れさせてくれた。しかも部屋の中では、ここ数日間行方をくらますことなく家にいた同居人が、煌々《こうこう》と灯《あか》りを点《つ》けたままベッドで熟睡しているとくる。中野は声をかけようとして思い直し、しばらく無防備な姿を見物することにした。

普段、彼の寝顔を拝む機会はあまりない。大抵は中野のあとに眠り、中野より先に起きる。たとえ眠っていても、寝起きとは思えないコンディションで野生動物のように目を開けるのが常だった。

だから、こんなふうに眺める余裕があるのは珍しい——と思っていたら、不意に目覚めた坂上が殺気を漲《みなぎ》らせて枕の下に手を突っ込んだ。が、すぐにピタリと動きを止めて中野を見上げ、みるみる弛緩《しかん》して欠伸《あくび》混じりに呟《つぶや》いた。

「なんだ、あんたか」

「枕の下に銃が入ってんの？」

「いや。ないから一瞬、もう死んだって思った」

坂上は放るように言って枕に頬を埋めた。

「――腹減った」

くぐもった呟きが漏れてくる。

「何食いたい？」

「何が食えるんだ？」

「そうだな。卵はあったはずだから、オムライスか……」

「じゃあオムライス」

「あとはね」

「オムライス」

「あ、そう？」

中野が着替えてオムライスを作る間、ベッドから出てきた同居人はダイニングテーブルでテレビを眺めながらビールを傾けていた。

シンプルなラベルのボトルは、彼が先週ケースで持ち帰ったレッドエールのベルギービールだ。よっぽど腹が減っているのか、画面に流れているのは料理番組だった。

なのに、できたてのチーズがけデミグラスソースのオムライスを目の前まで運んでやっても、相変わらず礼のひとつ返ってくるでもない。それでも、早速スプーンを取ってチラリと見上げてきた顔に、礼も言えない自分を何とも思ってないわけじゃない――とでも言いたげな色合いがチラついて見えて微笑ましくなる。

中野も自分の皿とビールをテーブルに置いて、彼の正面の椅子に陣取った。

「そういえばさ、そろそろ光熱費くらい請求しようって思わない？」

ボトルを手にして声を投げると、こちらを一瞥《いちべつ》した無言の目がそのままテレビに戻っていった。

二カ月前に越してきてからこれまで、中野はほとんど生活費を払っていなかった。前のアパートに住めなくなったことも、少々不便な暮らしをしなきゃならないことも、たまに危険が迫ることも、みんな自分のせいだからと坂上が受け取ってくれない。

しかし仮に、この建物が彼本人か、彼が属する何らかの組織――そんなものがあるなら、だ――の所有物件だとしても、近場のライフラインから無断拝借でもしない限り、生活インフラまで自前ってことはないだろう。だから常識的に考えれば公共の設備を使っているはずだけど、それらの契約状況すら中野は知らない。

結果、負担するのはせいぜい食費の何割かくらいで、節約できると喜ぶよりもヒモにでもなったような気分で落ち着かない。

それに生活費がかからないからと言って、貯めたい目的も特にない。カネを注《つ》ぎ込みたい趣味もなければ、ペーパードライバーだから高級車を買おうなどと血迷ったりもしないし、地面に根の生えた荷物に縛られたくない中野は持ち家派でもない。

ついでに、箱だけじゃなくて中身もほしくない。根の生えていない荷物にも縛られたくないから妻や子どもを養う予定もない。

あとは強いて挙げるなら、人生百年時代のセカンドライフ資金くらいしか思いつかないけど、できることなら長生きはしたくない。

「旨《うま》そうにメシを食ってくれるのは嬉《うれ》しいけど、聞いてる？　俺は自分が生きるためにかかるカネぐらい、自分で……」

「何の意味があるんだ？」

坂上の投げ遣《や》りな声音が遮った。

「カネはカネだろ、誰が払うかなんてくだらないことにこだわる必要あるか？」

「必要っていうか、まぁ、俺は自分を生かすために働いてるわけだからさ。その理由がなくなったら、毎日スーツ着て出勤してる意味がわかんなくなるしね」

「あんたこそ、それなりの給料もらってるくせにあんなシケたアパートに住んでて、毎日スーツで出勤する意味をどう思ってんだ？」

「前のアパートのこと？　そんなにシケてた？　あれでも住みはじめた頃は新築だったんだよ」

「築年数の問題じゃない。剝《む》き出しの外階段から玄関まで直行できただろ」

「まぁ……そうだね？」

彼の基準では、セキュリティ面で脆弱《ぜいじゃく》な物件は『シケてる』らしい。

「確かに、いまどき無防備なアパートだったかもしれないけど、別に盗《と》られて困るものもなかったしな」

「命もか？」

「それを言ってしまうとさ。どんなところに住んでても、本気で侵入してこようってヤツがいたら防ぐのは難しくない？」

いつもBGMのように点けている海外ドラマでも、要塞《ようさい》のようなセキュリティがあの手この手で突破されていく。別に魔法や近未来みたいな技術じゃなく、現代の物理的手段で、だ。

坂上はもう反応せず、テレビに目を戻して黙々とスプーンを動かした。画面では、既に別の料理番組がはじまっていた。さっきまでは豚肉料理、今度は鶏《とり》肉料理らしい。

次に声が返ったのは、皿がほとんど空になってからだった。

「あんたを生かしてるのがあんた自身じゃなくて俺なら、カネを払うのが俺ってことで文句ねぇのか？」

「うん……？」

言葉の意味を中野が考えている間に、坂上はわずかに眉《まゆ》を曇らせて、忘れてくれ、と呟いた。

「えっと、あんたが俺を養うって話？」

「忘れてくれって言ったよな、いま」

投げ出すように言ってオムライスの残りをガツガツと平らげた彼は、食い終えた食器をシンクに運ぶでもなく、ふらりと立ち上がって入口脇のバックストップめがけて数発ぶっ放すなり、無言でバスルームに消えた。

そんなやり取りがあった翌日、目覚めると同居人が姿を消していて、三日経った今朝も中野が出勤する時点ではまだ戻っていなかった。

もちろん、生活費を巡る意見の相違が原因じゃなくて単に仕事だろう。そうわかっていても、最後の会話を思い出すたびに大してありもしない心がモヤモヤした。

あの夜、坂上と入れ替わりで風呂《ふろ》に入って出たとき、彼は鉄砲の手入れに没頭していた。おかげで口直しの時間を作るタイミングもないまま中野は先にベッドに入り、それきり姿を見ていない。つまり、もしも二度と会うことがなかったら、彼との思い出は光熱費の徴収云々《うんぬん》で終わってしまう。

だけど、今日こそ戻っているかもしれない——期待と憂いを胸に帰宅したその夜、同居人どころか招かれざる客が中野のもとにやってきた。

それが視界に入ったのは、錆《さび》の浮いた鉄骨の外階段を上がりきったときだった。

ベージュのパンプスと、華奢《きゃしゃ》なアンクレットが絡む細い足首。スラリと伸びたふくらはぎの横には、アイスブルーの小ぶりなキャリーケース。膝丈《ひざたけ》のワンピースは鮮やかなオレンジ色で、下半身と同じく上半身も細く、胸の膨らみも慎ましい。

振り向いた顔も小さくて、目だけは相変わらず大きかった。そりゃあ、生まれ持った大きな目をわざわざ小さくしたがる風変わりな変身願望を持つ女でもない限り、目のサイズが縮んだりはしないだろう。

以前は肩まで伸びていた髪がエアリーなショートボブになった以外、ちっとも変わらない彼女は、中野を見るなり満面の笑みを刷《は》いて声を弾ませた。

「ミナト!」

「ヒカル……何しにきたんだ?」

キャリーケースを眺めて慎重に尋ねた中野に、ヒカル——落合輝《おちあいひかる》は可愛らしく小首を傾《かし》げてみせた。

「泊めてもらおうかと思って」

「嫌だね」

中野は即答した。

「俺たち、別れたよね? もうただの知人に過ぎないんだから、俺が泊める筋合いなんてこれっぽっちもないだろ?」

「またぁ、もう。そういう言い方、相変わらずよねぇ」

「いや、ほんとに帰ってくんないかな」

が、どんな拒絶も暖簾《のれん》に腕押しで埒《らち》が明かない。仕方なく譲歩して一旦《いったん》部屋に入れてやると、彼女は物珍しげに室内を見回した。

「生活感がないくらい片づいてるけど、古いわねぇ」

「うん、だから心置きなくほかに泊まるとこ探しなよ」

「まぁでも幸い、そんなことを気にするような女じゃないから安心して」

「何も幸いじゃないし、さっさと帰ってくれたほうが安心できるよ」

「前のアパートのほうがまだイマドキだったのに、なんでこんなとこに引っ越しちゃったの？」

「いろいろあってね。どうしてここがわかったんだ？」

「そりゃあ、だって共通の知り合いがいるじゃない？　私たち」

「――――」

ヒカルは職場の元後輩だった。

中途採用で入社してきた途端に何故か懐かれ、有耶無耶《うやむや》のうちに気づけばつき合っていることになっていた。そのくせ彼女は一年も経たずして会社を辞め、転職先でシンガポールに配属されることが決まったというから、それを機に別れたのが約一年前。

ヒカルは新生活の準備で手一杯だったし、中野は遠距離恋愛などというものが理解できない質《たち》だという以前に、彼女との関係は『恋愛』なんかじゃなかった。

ヒカルに限らず、これまでつき合ったどの相手も、トキメキや焦がれるような想いとは無縁だった。心拍数が跳ね上がるなんて経験は皆無、必要のない連絡は返信どころか読むことすら面倒で、デートの約束でもしようものなら、待ち合わせ場所に向かう前から億劫《おっくう》で仕方がなくなる。そんな調子で、遠く離れてまで関係を続ける意味なんかわかるわけもない。メリットがあるとすれば、会う必要がない点くらいだろう。

――ところが、だ。

中野は最近、これまでとは違う己に気づきはじめていた。

同居人が行方をくらますと、日を追うごとに落ち着かなくなってくる。

最初はそうじゃなかった。ほんの数ヵ月前までは、いなくたって気にも留めなかった。

なのに、ここに越してきた頃を境に少しずつ、確実に変わってしまった。

帰らないとわかると落胆する。二日経ち、三日も経つうちに、無事でいるのか、再び顔を見ることはできるのかと不安をおぼえるようになる。これなら、まだ一般的な遠距離恋愛のほうがマシだろう。大抵の遠恋は、離れていたって生死の確認くらいできるはずだ。

中野は招かれざる珍客に向かって、よっぽどこう言ってやりたかった。

戻ってほしいのはお前じゃない――

しかし言ったら言ったで面倒なことになりかねないから、別のセリフにすり替えた。

「シンガポールはどうしたんだ？　もう戻ってきたのか？」

一生帰国しなくても良かったのに、とは口にしない。

「ううん、まだ向こうにいるわよ。今回は急な仕事の用事で、今日帰ってきたの。だから泊まるところも決まってなくて」

「いや平日だし、新宿のほうにいけば空いてるホテル絶対どっか見つかると思うよ？」

デジャヴだ。初めて坂上と出会ったときも、中野は同じセリフを口にした。

「どうしてそんな頑《かたく》なに拒むの？　カノジョが泊まりにくるとかじゃないわよね？　い

まは誰ともつき合ってないって聞いてるんだから」

そんな個人情報を流した人物といえば、ひとりしかいなかった。職場の親しい同僚で、一度ここにきたこともある。

引っ越し祝いを兼ねて新居を覗《のぞ》きたいと言うのをのらりくらりと躱《かわ》し続けるうちに、やがて断る理由が尽きてしまった。で、仕方なく連れてきて二階の部屋で一杯飲《や》ってから外に連れ出し、居酒屋から自宅に直帰させた。

「とにかくね、ヒカル」

「うん」

「ほんとに泊めたくないから、お引き取り願えないかな」

「またぁ、もう」

「――――」

堂々巡りの予感に内心で舌打ちしたときだ。何の前触れもなく玄関のドアが開いて、中野とヒカルは同時に目を向けた。

ノブに手をかけた坂上が沓摺《くつずり》の向こう側に立っていた。

黒い無地のTシャツにヴィンテージブルーのデニム。珍しくビールはなく、手ぶら。ちょっと散歩に出て戻ったかのような風情と肚《はら》の裡《うち》を嗅《か》ぎ取らせない面構えで、彼は室内の二人を素早く目で舐《な》めた。

おかえり……と言いかけて、中野は声を引っ込めた。同居人がいることをヒカルに知られるのは得策じゃない気がしたからだ。

結果、最初に口をひらいたのは彼女だった。

「お友だち？」

「うん、まぁ……」

中野の曖昧《あいまい》な相槌《あいづち》を押し退けるように、弾んだ声音が跳ね上がった。

「わぁ、こんにちは！　いまはただの知人に過ぎない、ミナトの元カノでぇす！」

ヒカルが愛嬌《あいきょう》たっぷりに挨拶《あいさつ》を投げると、坂上が無言の会釈だけ返してチラリと中野を見た。

「また出直す」

「でも……」

「邪魔すると悪《わり》ィから」

それだけ言って、坂上はさっさと消えてしまった。

せっかく帰ってきたのに——未練がましくドアを見つめる中野の頰に、真の邪魔者が能天気な声をぶつけてきた。

「悪いことしちゃった？」

「そうだね」

「ミナトに友だちがいるっていうだけでも驚きなのに、あんな若い子とどこで知り合ったの？」

「若いって言ってもヒカルよりは上のはずだよ」

中野の記憶が確かなら、彼女は二十七か八くらいのはずだ。が、どうでもいいし面倒だから確認はしなかった。

「またまたぁ。せいぜい同じくらいよね、私と」

「彼、もう三十は過ぎてるよ？」

ただし自称だとは言わなかった。

へぇそうなんだぁ、と適当な反応を寄越《よこ》したヒカルは、早々に興味が薄れた様子で話の軌道を曲げてきた。

「それより、お腹空《す》いたなぁ。ミナトはごはん食べたの？」

「いや……」

「何か作ったげよっか？」

「ほぼ外食だからまともな食材なんかないし、ありがた迷惑だから遠慮するよ」

二階の冷蔵庫には、地下で入りきらなかったストックを詰め込んである。これが言葉どおりの『まともじゃない食材』──ビールや冷凍食材だらけだから、うっかり覗かれても問題ないし、いずれにせよ彼女にメシを作ってほしいとは百万歩譲っても思わなかった。

「じゃあ食べにいこうよ。泊めてもらうお礼に奢《おご》るから」

「いや、泊めないよ？」

「もうこんな時間なのに、女子をひとりで放り出したりしないわよね？」

「こんな時間って、まだ八時台だよ」

念のために腕時計を覗くと、短針は『8』の辺りを指していて、長針は『7』を少し過ぎている。

「八時台なんて、私みたいに小柄で可愛くて若い女子がひとり歩きしてたら危ない時間じゃない」

「まさか本気で言ってる？」

そこからの膠着《こうちゃく》状態は、いちいち語るのも馬鹿馬鹿しい。結論から言えば、不本意にも先に音を上げたのは中野だった。そう、コイツはこういう女だ。つき合うことになったときも、この調子でなし崩しに押し切られた。

仕方がない。ひと晩くらい、どうにかなるか——

何もかも気乗りしなかったけど、腹は減っていたから諦《あきら》めて食事に出ることにした。

幸い、この部屋には最低限の衣類や靴も置いてある。中野は生成りのプルオーバーのパーカーとブラックチノに着替えてスニーカーを履き、オレンジ色のワンピースの元カノと外に出た。

「ヒカルの服、秋色だね」

「あら。どっちかって言うと夏っぽいビタミンカラーで少し季節外れかなって思ってたんだけど、いい感じかしら？」

「うん、枯れ葉みたいだよ」

「褒め言葉ってものを知らないなら、最初から黙ってて」

一階の廃店に触発されて和定食を食べたくなった、というヒカルのリクエストを受けて駅近にある炭火焼きの店を覗いてみると、残念ながら満席だった。

で、代わりに青梅街道沿いの定食チェーン店に向かおうとしたらゴネられて、最後は通りの対岸にある定食屋に落ち着いた。メニューが豊富で品数も多いし、女子が好みそうな雑穀米ごはんもおかわり自由で、小うるさい元カノも満足してくれたようだ。

しかし、ここでもまた彼女が「泊まる礼に奢る」と言い出したから、中野は頑なに固辞した。下手に借りを作るとロクでもないことになりかねない。

メシのあと、二人は近くの銭湯に立ち寄った。

いづみ食堂の二階の古臭い風呂場《ふろば》――あくまで『バスルーム』ではない――も、一応使うことはできる。ただ、しばらく掃除をしていないし、中野の入浴中に部屋の中を探検されたりしても困る。だから風呂の調子が悪いと嘘を吐《つ》いた。いや、嘘じゃなくて方便だ。

住宅地に埋もれた昔ながらの銭湯は手ぶらで立ち寄れる気軽さもあって、前のアパートに住んでいた頃は時折利用していた。が、転居後はすっかりご無沙汰《ぶさた》で、いづみ食堂の地下住まいをはじめてからは初めての訪問だった。

久々の広い浴場を堪能《たんのう》して外に出たとき、ヒカルの姿はまだなかった。

彼女を待つ間、中野は同居人に電話をかけた。コール二回で繋《つな》がり、簡単に状況を説明すると、彼は妙にモゴモゴした口ぶりでこう答えた。

「そうか。なら、いまのうちに地下に入っておく。わかってるだろうけど、くれぐれも――」

「押入れには近づかせないように、だろ？　早寝早起きさせて、朝になったらさっさと追い出すよ。ところで何か食ってる？」

あぁ、とくぐもった声が返る。どこで何を、という情報はなく、代わりに彼はこう続けた。

「もう連絡はいらない」

「一生って意味じゃないよね？」

「何言ってんだ？」

通話が切れて数秒後、絶妙なタイミングでヒカルが現れた。

帰る途中でコンビニに寄ったのは、坂上が地下室に降りる時間を稼ぐためでもあった。

アルコールやペットボトル飲料、ヒカルが朝に必須《ひっす》だというマルチビタミンやら野菜のパックジュースを仕入れて二階の部屋に戻ると、彼女は取り澄ましたワンピースから部屋着に着替えた。

これがまた、別れた男の前でこんな格好をしていたら元サヤを期待しているとでも勘違いされかねない、やたらセクシィなデザインで丈の短いキャミソールワンピだった。

しかも色は、ともすれば透けてしまいそうなオフホワイトだ。

「いくら残暑が続いてるからって、もう九月だよ？　季節感度外視すぎない？」

「別にいいじゃない、寒くないんだから」

「まさか誘惑しようとか思ってないよね」

「されるつもりがあるならしてあげてもいいけど、絶対されないでしょ？　ミナト。ご心配なく、急いで準備したから間違えて持ってきちゃっただけよ」

「どうせ間違えるなら動物の着ぐるみでも持ってくればいいのに」

それから、買ってきたアルコール類を空けながら問われるままに職場の近況を語り、興味もないシンガポールでの生活譚《たん》を上の空で聞き流し、日付が変わる頃に「疲れたから寝る」と言い出した彼女を、これ幸いと洋室のベッドに追い遣《や》った。

中野は和室の押入れを塞《ふさ》ぐように布団を敷き、寝る前に同居人にメッセージを入れようかと考えて結局やめた。

連絡はいらないと言われたし、彼は無意味なコンタクトを好まない。


深夜、物音で目覚めた。

が、耳を澄ませても何の気配もない。それでも違和感をおぼえて上体を起こした中野は、暗がりに凝らした目を疑った。

押入れの襖《ふすま》の端が数センチ開いている。

跳ね起きて隣の部屋を覗《のぞ》くと、ベッドにヒカルの姿がない。荷物はある。玄関のパンプスもある。鍵《かぎ》はサムターンだけじゃなくチェーンも施錠されたまま。トイレの灯《あか》りも点《つ》いてはいない。念のためにドアを開けてみても、便器を抱えて蹲《うずくま》っていたりもしない。風呂場も無人。

まさか本当に探検を試みて、寝ている中野越しに襖の向こうの隠し階段を発見して、冒険ごっこでもしにいったのか――？

仮に、いづみ食堂まで降りたとする。人感センサーで灯りが点く。彼女のことだから、あちこちの扉を開けまくる可能性は高い。しかし地下への階段を発見しても、防音扉は認証コードが必要だ。開けられずに引き返してくるしかない。

中野は押入れの階段を忍び足で下りていった。店内のどこにもヒカルは見当たらず、トイレを開けて下を覗いても地下室の扉は閉まっている。

じゃあ逆に、上にいったんだろうか？

いづみ食堂のレジ裏から上がってきた階段は、一階で一旦《いったん》踊り場――というより、ちょっとした廊下のように平らな部分が続いて上階の押入れの下を潜《くぐ》り抜け、三メートルほど先から再び上昇をはじめて、終点の隠し扉から三階の外廊下へ出ることになる。オートロックだから一度出てしまったら鍵がない限り戻れないけど、外階段を使って下に降りられるし、屋上にもいける。

中野は以前、この扉を日常の出入口にすればいいんじゃないかと考えたことがある。

二階の部屋さえ通らなければ、全てのルートを土足にできるんじゃないか、と。が、怪しげな扉からの出入りをご近所さんに目撃されたら怪しまれるってだけじゃなく、上下の移動が都合五階層分になるのはさすがにいただけなかった。

とにかく、しばらく経てば逆ギレしたヒカルが、二階の玄関の外から「開けてくれ」と要求してくるかもしれない。いずれにせよ、隠し階段が知れただけなら何とかごまかしようはある。

そこで先に地下の様子を確認することにした。同居人が起きていれば一緒にビールの一本でも飲んでいきたいところだけど、すぐに戻るのが無難だろう。

——ところが、だ。

地下の分厚い防音扉を開けた途端、中野は銃声に鼓膜を叩《たた》かれていた。灯りを落とした仄暗《ほのぐら》い室内で、推定二丁の鉄砲が織りなすランダムなリズム。深夜のインドアサバゲー大会でもない限り、銃撃戦が繰り広げられているのは疑いようがなかった。

どういうことだ——？　中野は扉を背にしたまま立ち尽くした。

単純に考えれば中にいるのは坂上とヒカルで、彼らが互いに撃ち合っていることになる。そこまでは想像できても、それ以上の推測が出てこない。

ただ、ひとつだけ明らかな現実があった。丸腰の自分はすぐにここを出て扉を閉じるべきだという、当然の危機管理だ。なのに頭の隅で承知してはいても、渦巻く疑問符に圧《お》されて指令が身体まで下りてこない。そのせいで判断が遅れてしまった。

不意に右半身のどこかに灼《や》けるような痛みが走り、中野は思わず声を上げていた。

「——いっ、て！」

途端にピタリと銃声が止んだ。

「中野⁉」

「ミナト⁉」

暗がりの中で異口異音が完全にハモった直後、一発の銃声と何かがぶつかる物音を聞いて、坂上が撃たれたんじゃないかという戦慄《せんりつ》に心臓が跳ね上がり、凍りついた。

だから部屋の灯りが点いて、ダイニングテーブルの向こうに立つ同居人を目にしたとき、それはもう死ぬほどホッとした。止まりそうになった心臓が再起動したのに「死ぬほど」ってのもおかしな表現だけど、とにかく肚《はら》の底から安堵《あんど》した。

彼は椅子の足もとに落ちていた銀色の鉄砲を拾い上げて、大股《おおまた》で近づいてきた。弛緩《しかん》した中野とは対照的に、その顔は硬く緊張を孕《はら》んでいる。

「どこに被弾したんだ」

鋭く問われて痛む場所を探すと、Tシャツの右袖《みぎそで》が少し裂けて血が滲《にじ》んでいた。幸い大した傷じゃなさそうだ。

「ちょっと掠《かす》ったくらいだよ。どっかで跳ねたヤツが飛んできたんじゃないかな。ところで一応訊《き》くけど、二人で仲良く射撃訓練やってたわけじゃないよな？」

坂上は答える代わりに、慎重な手つきで中野の肘《ひじ》の辺りに触れた。その指先から微《かす》かな震えが伝わってきた気がして、中野は彼の顔を見た。見ようとした。

しかし俯《うつむ》き加減の表情を窺《うかが》うことは叶《かな》わず、こちらを向かせようと頬に手を伸ばした刹那《せつな》、どこからか女子の怒号が飛んできた。

「ちょっと！　イチャついてないで、殺す気がないんなら手当てでもしてよねっ！」

「――あれ、ヒカル？　生きてんの？」

「やだもう、信じらんないわミナトったら！　元カノが心配じゃないわけ⁉」

正直ちっとも心配じゃなかったけど、ベッドを回り込んで声のするほうを覗いてみると、キッチンカウンターに凭《もた》れて座り込んでいるヒカルを発見した。

寝る前と同じ、慎みに欠けるキャミソールワンピのまま。かろうじて裾《すそ》が下着を隠しているのは倒れてから整えたのか、それともたまたまなのか。足もとは裸足《はだし》で、剝《む》き出しの左肩から血を流している。

「うんまぁ、血は出てるけど元気そうだしね。そもそも、ここにいるってことはヒカルのほうから彼を襲ったんだろ？」

「失礼ね、盛りのついたビッチみたいな言い方しないでよ」

「ビッチじゃないなら、なんでそんな際どいファッションでドンパチなんかするんだよ？」

「怪我人を前にして言うことはそれなの？」

「だって、どう考えてもいろいろおかしいしさ、その格好」

「女子にはいろいろあんの！」

「女子は普通、銃なんかぶっ放さないよ」

言ったそばから、性差別的な発言だったと反省した。ドンパチに限らず、何をするにも染色体の種類は関係ない。

とにかく元カノの無駄吠《ぼ》えに辟易《へきえき》した中野は、その場を離れてファーストエイド・キットを取りにいった。

この部屋に常備されているのは救急箱というより工具箱で、薬や応急手当用品以外にナイフやガストーチまで詰め込まれている金属製の赤いケースは、比喩《ひゆ》じゃなく正真正銘アメリカ製のツールボックスだ。

ソイツをぶらさげて戻ったとき、ヒカルはさっきと同じ場所で床の上に胡座《あぐら》を掻《か》いていた。

「で？　一体、何があったわけ？」

赤い箱をテーブルに置いて、どちらにともなく尋ねると、キッチンからボトルビールを取ってきた部屋の主《あるじ》が素っ気ない声を寄越《よこ》した。

「あんたがさっき言ったとおりだ。あんたの元カノが俺の寝込みを襲いにきた」

すかさず目を三角にしたヒカルが、坂上に向かってビシッと人差し指を突きつけた。

「失礼ねっ、先に撃ってきたのはそっちでしょ⁉」

「侵入したのは事実だろ」

「迎え撃つ気満々でセキュリティを緩めて誘い込んだくせに、純潔を狙われた乙女みたいな被害者面しないでよね！　ていうか、寝てなかったんだから寝込みを襲ったとは言わないしっ」

まるで小学校高学年の男女の喧嘩《けんか》だ。中野は小さく首を振って、大人げない応酬に割り込んだ。

「で、手当てって何すんの？　まず消毒？」

訊きながらツールボックスの蓋《ふた》を開ける。まずお目見えした充填《じゅうてん》式のガストーチは、何に使うのかは知らないけど少なくとも料理用じゃないだろう。

坂上が溜《た》め息《いき》混じりの声を寄越した。

「あんたはいいから座ってろ」

意外にもヒカルの手当てを買って出るつもりなのか、彼はボトルビールを持ったまま一旦姿を消して、ミネラルウォーターとタオルを手に戻ってきた。そして工具箱の前を譲って椅子に座った中野の横に立ち、包帯や錠剤を取り出しながらこう言った。

「脱げ」

ヒカルに、じゃない。中野に向かってだ。

「え？　俺？」

「傷の手当てをするから」

「いや俺より、あっちのほうが血が出てんだけど……」

「あの程度なら、しばらく出しといて問題ない」

「出すって血を？　死なない？」

「死なねぇし、放っときゃ血が傷を洗ってくれる」

「もういいわ、帰るわよ！」

憤然と宣言した血塗《ちまみ》れのヒカルが、顔を顰《しか》めながら立ち上がった。

「あれ、手当てはいいの？」

「ここにいたって、どうせやってもらえそうもないしねっ」

忌々しげに吐き捨てた侵入者女子は、覚束《おぼつか》ない足取りで近づいてきて住人たちの前で仁王立ちになった。

「私の銃返してよ！」

手のひらを突き出した彼女を坂上が数秒見返し、腰の後ろから銀色の拳銃《けんじゅう》を抜き取った。さっきテーブルの辺りで拾っていたものだ。ヒカルが撃たれた弾みで落として、滑っていったんだろう。

ソイツを差し出して彼は短く言った。

「二度目はないからな」

「目的は果たしたから、もうこないわよ」

さっさと扉に向かおうとする元カノを中野は引き留めた。

「ちょっと待った、目的って何？」

「何だっていいじゃない」

「いや……強引に押しかけてきて勝手に家の中を探検した上に、うちの同居人を襲って壁も穴だらけにしたんだから、せめて理由くらい説明してくれても良くない？」

するとと彼女は、くるりと身体ごと振り返って両手を腰に当てた。足は肩幅だ。

セクシィなキャミソールワンピ姿で肩から血を流す仏頂面の女子は、まるで学芸会でやりたくもない役を割り振られた小学生みたいにご機嫌ナナメだった。

「そこの同居人さんがミナトの用心棒をやってるっていう噂を聞いたもんだから、真偽のほどを探りにきたの」

「誰がそんな噂してて、どんな理由でヒカルがそんなことに興味を持つんだよ？　まさか、シンガポールの勤務先ってのがこういう業務内容なのか？」

「残念ながら、私が言えるのはここまでよ。これ以上のことを知りたければ、そこにいる用心棒さんに訊いてみたらいいんじゃないかしら？」

そこにいる用心棒さんが答えてくれるとは到底思えない。

「で？　彼の寝込みを襲って銃弾を交えたら真偽がわかったわけ？」

「銃弾を交えたあとの、あんたたちのイチャつきっぷりでね！」

「俺が用心棒とイチャついてたって、勤務先に報告でもすんの？」

イチャついてない、という同居人の呟《つぶや》きは、ヒカルには聞こえなかっただろう。

彼女は中野の問いには答えず、ソイツの手当てしときなさいよ！　と坂上に向かって捨て台詞《ぜりふ》を投げつけるなり、血だらけのキャミソールワンピを翻して防音扉の向こうに姿を消した。

「アイツ——」

床に点々と続く血痕《けっこん》を見て中野は溜め息を吐いた。

「二階の畳を血で汚さないかな」

「そこを心配すんのか」

「だって畳を汚されると厄介だろ。もちろん、床や階段の掃除も面倒だけどさ——ところで、ヒカルが言ってた以上のことを教えてくれる気はある？　用心棒さん」

「ない」

「だろうね。一応訊《き》いてみただけだよ」

「それより、手当てするから脱いでくれ」

坂上はあっさり話を逸《そ》らして、中野のそばにある椅子を引いた。

結局、何もわからないまま謎だけが膨らんだわけだけど、誰も教えてくれる気がないなら仕方がない。少なくともヒカルはもうこないと宣言して去ったし、いまはこれ以上面倒なことを考えたくなかった。

言われたとおりにTシャツを脱ぎ、隣の席から傷に対峙《たいじ》する真摯《しんし》な眼差《まなざ》しを見るともなく眺める。普段、彼と横に並んで座ることはあまりない。バーのカウンターを除けば大抵はテーブル越しに向き合うレイアウトだから、どことなく新鮮な気分だった。

　やや眠たげな切れ長の目、すっきりと通った鼻筋や一文字に結ばれた形の良い唇。それらを観察しているうちに、いつの間にか処置が終わっていた。まともに弾を喰《く》らったわけじゃないし、ましてや取り出す作業もないから、やることは普通の傷の手当てとそう変わらない。

「痛くないか」

「俺あんまり、痛みを感じないほうなんだよ」

「頼むから、あんなときにボケッと突っ立ってるのはやめてくれ」

「次回からは気をつけるよ。まぁ、次回なんてないほうが有り難いけどね」

　中野は肩を竦《すく》めて、渡された抗生剤をミネラルウォーターで流し込んだ。

　それから着替えるついでに冷蔵庫を開けてビールを出し、レッドエールのラベルに何気なく目を落としたとき、ふと先日の会話が蘇《よみがえ》った。

「そういえば生活費のことだけど、徴収したくないなら無理にとは言わないよ」

　テーブルのほうに声を投げると、工具箱を片づけていた坂上が顔を上げた。

「何なんだ急に」

「こないだ、その件で何だかちょっとご立腹だったみたいだしさ。あのあと出てっちゃったから、変にモヤモヤが残ったまま二度と会えなかったらどうしようって思ってたんだよ。だから、忘れないうちに言っておこうかと」

「そんなこと別に怒ってねぇし、払いたきゃ払えばいいだろ。あんたが毎日スーツを着て出勤する意味を生活費に求めたいんなら、それを否定する気も権利もない」

「俺、リーマン人生の意味を生活費になんか求めたくはないよ？」

「だったら何にこだわってんだ？」

坂上は工具箱の蓋を閉め、二階を見てくる——と気のない声を寄越《よこ》して部屋から出ていった。

4

あんたの客がきた、と言われたとき、中野は全裸でベッドに転がっていた。

秋分の日の昼下がり、テレビの中継によれば外界は快晴。画面の向こうで連呼している「シルバーウィーク」という単語は未《いま》だにどこか馴染《なじ》まないものの、日々の最高気温がようやく三十度を切るようになったのは歓迎すべきことだった。

昨夜は久しぶりに同居人と外食して帰り、今日もまだ彼が姿を消すことなく家にいるという貴重な休日の真《ま》っ只中《ただなか》。

すっかり朝寝をしてしまったけど、これからシャワーを浴びて洗濯機を回し、昼メシを食ったら屋上に干そうか——なんて午後のプランを考えていたところに、ボクサーブリーフ一枚でビールを傾けていた坂上が無造作にスマホを差し出してきた。渡されたのは、ドアホンのモニタとして使っている端末だ。

「客って、宅配？　ならもう、再配達で……」

言い終わらないうちに軽やかなチャイムで遮られた。

何故、鳴る前に来客を察知したんだろう？　そう訝《いぶか》る間もなく、中野は端末の画面を見て沈黙した。二階の玄関前に立っているのは職場の同僚だった。

「出ないのか？」

「いや……」

約束でもしてたっけ――？　脳内で予定表を捲《めく》ってみるけど憶《おぼ》えはない。

何しにきたんだ――？　考えるうちに画面が暗転して、再びドアホンが鳴る。

仕方なく応じた声は知らず疑問形になった。

「はい？」

「中野？　あれ、いるんだな？」

「まぁ、うん」

言ったそばから、不在だと答えるべきだったと思った。スマートドアホンのフリでもして外出中を装えたはずだ。それ以前に、やっぱり応答するんじゃなかった。

しかし悔やんだって覆水が盆に返るわけじゃない。中野は諦《あきら》めて溜《た》め息《いき》を吐いた。

「ちょっと待ってて」

通話を切るなりベッドから飛び降りて下着を穿《は》き、椅子に引っかけてあったキーネックのカットソーを被《かぶ》って部屋を飛び出し、何か忘れている気がしながら二階まで駆け上がって勢いよく玄関のドアを開けた途端、見慣れた顔が中野を上から下まで眺めて、再び上に視線を戻してきた。

「取り込み中……だったわけじゃないよな？」

曖昧《あいまい》な口ぶりで部屋の中をチラ見した目が、低い位置で弧を描いて明後日《あさって》のほうへと彷徨《さまよ》っていく。中野も同じ軌跡を辿《たど》る途中で、ようやく気づいた。己の下半身が下着だけのパンイチだということに。どうりで何か忘れている気がしたわけだ。

「悪いね、うっかりしてた。洗濯しようかと思って脱いだところだったんだよ」

咄嗟《とっさ》に方便を吐いて、速やかに話を逸らす。

「急にどうしたんだ？」

「どうってことはないけど、用事で近くまできたから寄ってみたんだ。ほらこれ、差し入れ」

柔和な笑顔でビールの六缶パックを差し出したのは、同じ職場の金融商品専門チームに所属する新井大和《あらいやまと》だった。以前、引っ越し祝いと称して押しかけてきた同僚だ。

男という生き物の分布図で言えば、草食系にカテゴライズされる外観。加えて人当たりが柔らかいから、社内外、男女問わず受けがいい。ただし実際には、見た目の印象ほど華奢《きゃしゃ》でもなければ繊細でもない。中野より十センチは低いくせにフィジカルは間違いなく彼のほうが上だし、メンタルも意外に図太い。

五年前に中途で入ってきて以来、顧客のカネをふやす案件のときには彼と組んで動くことが多かった。そして客が持ち込むのは大半がカネをふやす相談だから、ほとんど一緒にいると言っても過言じゃない。

「中野、昼メシは？　暇なら食いにいかないか？」

白いTシャツの上にヘザーグレイのジップパーカーを羽織った同僚は、服装の明度と今日の天気に相応《ふさわ》しい爽《さわ》やかさでそう言った。中野と同年代のくせに、こんな格好をしていると坂上の実年齢くらいにしか見えない。

が、メシの誘いは正直、気乗りしなかった。何しろ、ベッドで体力を消耗して腹を空《す》かせた食いしん坊を地下に置いてきている。

どうしても洗濯したいから、とでも言って追い返すか――そう思案したとき、新井の口から気になる名前が飛び出した。

「実は、ゆうべ落合さんに会ったんだ」

「ヒカルに？」

「彼女、こないだここにきたんだろ？」

「あぁ、お前が住所を教えたんだよな？」

「もしかして、まずかったか？」

「いや――」

地下室でドンパチをやらかしてくれて大迷惑したとは言えない。

「で？　ヒカルが何だって？」

「中野のことを心配してたから、ちょっと気になって」

「俺の心配ってどんな？」

「それが、俺にもよくわかんなかったんだけどさ」

「うん……？　すぐに会社で会うのに、よくわかんない心配のためにわざわざきてくれてありがとう。でも思い当たるようなことは何もないよ？　ていうか彼女、まだシンガポールに帰ってなかったのか」

「しばらく日本にいるって言ってたな。で、メシはどうする？」

結局、軽く食いにいくことになった。

断ろうと思えば断れたし、同居人の空腹具合も気がかりではある。なのにまた、ヒカルが押しかけてきた晩みたいに根負けした――ってわけじゃない。昨夜会ったという彼女の様子を探っておきたかったからだ。

洋室のクロゼットからデニムを引っ張り出して穿き、トイレに入って坂上にメッセージを送った。出かける旨を伝えると、知ってる、とだけ返信がきた。

外はテレビのリポーターが中継していたとおりの快晴で、二人は青梅街道沿いのファミレスを目指すことにした。メシを食うだけならもっと近くに数軒あるけど、会話向きの店は少ない。

駅を挟んだ対角のエリアに向かいながら、中野は隣を歩く新井に尋ねた。

「そもそも、ヒカルとは何の用で会ったんだ？」

「中野と会ったって聞いたから、じゃあごはんでも食べようか、ってなって」

「うん――？」

意味がわからなかった。

部署が違うとは言え、新井とはほぼ毎日会社で顔を合わせる。なのに「ヒカルが中野と会ったから」なんて理由で彼女とメシを食う必要がどこにあるんだろう？

「中野の新居がやたら古いとか、そんな話をしてたよ」

「俺んちがどんな部屋かは、新井も既に知ってたよな？」

「まぁ、そうだな」

「ほかには？」

「中野に……」

そこで妙な一拍を挟んで、新井はこう続けた。

「まだ新しい彼女はできてないみたいだ、とか」

「それも、ヒカルから聞かなくたって新井も知ってるよな？」

「まぁ、そうだな」

が、これについてはピンときた。

中野とヒカルがつき合っていた当時、新井は彼女に惚《ほ》れていた。本人が言ったわけじゃないけど、日頃の視線や口ぶりからしてまず間違いなかったと思う。

つまりこの同僚は、中野とヒカルの間に何らかの残滓《ざんし》みたいなものが存在するとでも勘違いしているんじゃないだろうか。

「なぁ、新井」

「うん？」

「俺とヒカルは、これ以上ないぐらいきっぱり別れてるからな？」

だから自分たちの間には、特別な感情なんて毛ほども存在しない。そう伝えて安心させてやろうと思った。ヒカルが鉄砲を振り回すような女子だっていう残念な現実は、ひとまず棚上げして。

ところが新井は、安堵《あんど》するどころか表情を曇らせて、どこかぎこちない笑顔を寄越《よこ》した。

「うん、知ってるよ」

一体、何なんだ――？

唐突に面倒な気分が湧いてきた。中野は同僚のセンチメンタルな眼差《まなざ》しから目を逸《そ》らして、ついでに話を戻した。

「あとは？」

「だから、ヒカルとの会話」

「あとって？」

「あぁ……中野が相変わらずで笑えたとか、そんな話かな。人情味の欠片《かけら》もないドライな合理主義が、つき合ってた頃とちっとも変わらなかったって」

「俺の人情味はともかく、ヒカルの近況なんかは聞かなかったわけ？　久しぶりに会ったのに」

「うんまぁ、何となくは聞いたけど」

「どんなふうに？」

問いを重ねた途端、何故か新井の口調に投げ遣《や》りな色合いが混じった。

「ていうかさ、中野も彼女に会ったんだから、そんなの俺に訊《き》く必要なくないか？」

ソイツはむしろ、俺のセリフだよな——？

筋が見えてこない会話に理不尽を感じたとき、路地の先を黒いバンが塞《ふさ》いだ。

あんなとこに停まってたら邪魔だな、初めはそう思っただけだ。が、スライドドアから三人の男が吐き出された瞬間、厄介ごとが訪れたことを中野は直感した。

二人がフード、ひとりがキャップを被って、全員が黒っぽいパーカー姿。ひとりずつなら特に人目を引くでもないシンプルなファッションも、窓まで真っ黒なフルサイズバンからゾロゾロ現れたとなれば怪しまないわけにはいかない。

しかし、困ったことになった。

よりによって同居人以外の連れがいるときに——か。

内心で舌打ちして隣に視線を走らせると、見たことのない目をした新井がそこにいた。

草食系どころか臨戦態勢の肉食獣みたいな殺気を孕《はら》んだ同僚が、素早く腰の後ろに手を回した。それを察知したらしく前方の三人組も敵意を跳ね上げた一瞬後、乾いた発砲音が二発響いてフードの二人が崩れ落ちていた。

何が起こったのかと訝《いぶか》る間もない。中野の前に出た新井が躊躇《ちゅうちょ》のない足どりで前進しながら、真っ直ぐ伸ばした右手で三発目のトリガーを絞った。慣れた手つきでグリップした鉄砲には、円筒状の減音器《サプレッサー》らしきものが付いていた。

どこかを負傷したらしいキャップの男が、それでもフードの二人を引き摺《ず》ってバンに飛び込む。スライドドアが閉まるのも待たず、黒い車体は急発進して姿を消した。

足早に角まで進んだ新井が、クルマが去った方向を窺《うかが》いながらパーカーの下に銃を仕舞った。そこへ初老の紳士が近づいて何事か声をかけ、二言三言交わしてから同僚は引き返してきた。

「誰？」

中野は訊いた。

「さぁ。ご近所さんみたいだな」

「何話してたんだ？」

「何があったんだって訊かれたから、わからないって答えた」

「それだけ？」

「あぁ。クルマが飛び出してくのを見ただけだし、急いでるからいかなきゃって切り上げてきたよ」

「お前が撃っただろって言われなかった？」

「――――」

新井は数秒、無言の目を寄越した。それから言った。

「中野お前、驚かないよな」

「いや、十分驚いてるよ？」

そのまま何となく、二人はもときた道をブラブラと戻りはじめた。予定どおりファミレスに向かうとしても別ルートのほうが良さそうだし、メシを食いながらの会話はもう必要ない気もしていた。

「もしかして、新井もヒカルの仲間だったりする？」

尋ねると、短い沈黙を挟んで頷《うなず》きが返った。

「そうだ」

「じゃあ、こないだ彼女がうちで派手にぶっ放して帰ったことも知ってた？　ていうか今日きた理由も、ヒカルが心配してたからっていうのは嘘だよね？」

「まぁな。実を言うと、心配どころか罵《ば》詈《り》雑言《ぞうごん》の嵐だった」

「容易に想像できるね。で、どういう仲間で、ほんとは何しにきたんだ？」

「落合さんの話を聞いて様子を見にきたんだよ。彼女とは、会社の同僚なんだ」

「うん？　俺もだけど……っていうかヒカルは退職してるし、前にも同じ会社に勤めてたとか、そういうこと？」

「そうじゃない。俺も落合さんも、とある会社に現在進行形で在籍してて、二人とも中野のところに派遣されてるっていうのが近いな。彼女の場合は、されてた、か」

そんな話は初耳だった。新井も、後輩だった頃のヒカルも、中野の勤務先の正社員であることを疑う要素なんて一切なかった。

どういうことなんだ——？

疑問符だらけの視線を無言で返すと、新井はひとつ溜《た》め息《いき》を吐いて説明をはじめた。

曰《いわ》く、彼やヒカルには別の本業があって、職務のために中途入社という形で中野の勤務先に潜り込んできたこと。新井がそのミッションを任されたのは、金融業界に従事した過去があったからだということ。

一方のヒカルは、新人研修としてさまざまな現場を転々とする過程で、この案件に立ち寄ったこと。彼女に金融系の経験はなく、しかし各方面の専門知識については派遣元のサポートが充実していて、案外どうにかなってしまうこと。

「そう聞いてもまだ全然わかんないけど、結局そこは何の会社なわけ？」

「いわゆる、警備会社みたいなものだと思ってくれ」

「ふぅん……？」

中野は曖昧《あいまい》に相槌《あいづち》を打った。一介の金融マンだと思っていた同僚の口から全く別の業種が飛び出してきて、ますますわけがわからなくなる。警備会社から金融系に専門職として潜り込むなんて、一体どんな職務なんだろう？

　それだけでも十分に謎である上、彼の説明の中で小骨のように引っかかる部分があった。確か新井はさっき「中野のところに派遣されてる」——と言った。

「俺のところに派遣されてるってのは、うちの会社って意味？　それともまさか、ピンポイントで俺が目的？」

「目的はお前だよ、中野」

「何のために……？」

「悪いな。業務の都合上、詳しいことは言えないんだ」

　ヒカルのときと似たような答えが返ってくる。

「ここまで明かしといて、そんな寸止めみたいな守秘の仕方ってなくない？　よくあるアレだよ、ホテルに連れ込んでから拒まれる男の心境？」

「そんな状況にも心境にもなったことないだろ、中野」

「そんな状況にならないのはホテルに連れ込まないからだけど、とりあえず心境だけなら、いまなったね」

「新しい経験ができて良かったじゃないか」

　業務上詳しいことが言えないという男はにべもなく一蹴《いっしゅう》して、こう続けた。

「ただ、中野に危害を加えるようなことはないから安心してくれ」

「別にそんな心配はしてないけど、じゃあ、新井がヒカルに惚《ほ》れてたってのも俺の勘違い？」

中野の問いを聞いて、新井の眉間《みけん》に不可解の色が浮かんだ。

「――何の話だ？」

「だって、よく意味ありげな目で彼女を見てたからさ」

「確かに、監督する立場として仕事ぶりをチェックしてたから、意味ありげではあったかもしれないな。でもそういうんじゃない。ついでに明かすと、落合さんがお前とつき合ったのも、残念ながら半分は職務で半分は研修の一環だったんだ」

「俺とつき合うのが何の研修になんの？」

「ハニートラップ」

クソ真面目な声音を聞いて思わず吹き出した。

「それ、本気で言ってる？」

「あぁ」

「へぇ……まぁそれこそ残念ながら、その研修はうまくいかなかったみたいだね」

そんな研修が実在するという荒唐無稽《こうとうむけい》よりも、ソイツをヒカルに受けさせるチャレンジ精神のほうが衝撃だったけど、正直どうでもいいからこれ以上のコメントは端折《はしょ》ることにする。

それにしても――だ。

三カ月前から身のまわりで起こりはじめた非常識な出来事は、どれも坂上に起因するものだとばかり思っていた。

ところが、同僚は五年も前から中野目当てで会社に潜入しているという。つまり中野が命を狙われる理由が「前のアパートの目撃者だから」ではない可能性が浮上してきたわけだ。

なのに同僚も元カノも、これ以上は言えないと口を揃える。かと言って、同居人に尋ねたところで情報を得られる気は全くしない。ヒカルが来襲した夜も、教える気はないときっぱり突っぱねられた。

中野は空を見上げた。

部屋を出たときは雲ひとつなかった晴天に、いまは平筆で刷《は》いたような雲が広がりつつあった。もう、空も夏から秋へと衣替えをはじめているようだ。

「で、メシはどうしようか？」

隣を歩く同僚に尋ねると、面喰《めんく》らったような目が返ってきた。どこへ向かうかも決めないまま、既にさっきの現場から数ブロック離れていた。

「ファミレスにいく？　それとも別のとこにいくか、うちに戻るか、解散するか、四択だね」

「あぁ……」

新井は戸惑うように口ごもってから、ふっと苦笑した。会社で見慣れた草食系の笑顔とは違う、初めて見せる表情だった。

「落合さんも呆《あき》れてたけど、ほんとに動じないよな、中野」

「そんなことないよ。ただ、無駄に狼狽《うろた》えるぐらいなら状況を受け容《い》れる努力をするほうが遙《はる》かに建設的だろ? それに、おかしなことなら、ここんとこ立て続けに起こってるからね」

さっきのご近所さんが通報したのか、遠くにサイレンが聞こえはじめた。二人はしばし沈黙してその音に耳を傾け、やがて新井が話を戻した。

「——やらなきゃいけないことができたから、お前を送ったら帰るよ」

「女子じゃないんだから、ひとりで大丈夫だよ」

言ってから思った。ひとりで大丈夫な女子も世の中にはごまんといるだろう。

結局、いづみ食堂の二階まで送り届けられた中野は、玄関先で一応尋ねてみた。

「上がる?」

どうせ、押入れの階段や地下室はもちろん、同居人の存在までヒカルから聞いているんだろう。だったら、もう神経質に隠し立てする必要はない。

「帰るって言ってるだろ?」

三和土《たたき》に立つ新井は、パーカーのポケットに両手を突っ込んで小さく笑った。

バリアフリーとは無縁の昭和建築は、上《あ》がり框《かまち》も昔ながらの高さがある。その段差の分だけ普段よりも低い位置から中野を見上げて、彼は抑えた声でこう続けた。

「なぁ中野。さっきも言ったように詳しいことは明かせないけど、これだけは信じてほしい。俺や落合さんは、中野を護《まも》る側だから」

「うん……？」

曖昧に首を捻《ひね》りながら疑問が湧いた。彼らは中野を『護る側』だというなら、ヒカルと撃ち合った同居人は何だって言いたいんだろう？

意味を質《ただ》そうと口をひらく前に手が伸びてきた。素早く胸倉を引き寄せられ、気づけば唇が重なっていた。

触れていたのは、ほんの一、二秒だった。唇を離した新井はすぐには退かず、至近距離で謎の言葉を吐いた。

「こんなことなら、落合さんと替われば良かった」

カットソーを握っていた手のひらが弛《ゆる》んで離れていく。布地の皺《しわ》から同僚へと目を移して、中野は静かに尋ねた。

「いまのも、何かの任務？」

「――――」

問いへの答えはなく、新井はドアノブに手をかけて半身だけ振り返った。

「じゃあまた、会社でな。今日はもう外に出ないほうがいい」

「わかったよ。新井も、後ろに差してる物騒なものをうっかり落とさないように気をつけて」

彼は小さな頷《うなず》きとともに、ドアの向こうに消えた。

地下の防音扉を開けたとき、暗い部屋の中でテレビの明かりだけが明滅していた。

音声はない。ダイニングの椅子に、ミュートした海外ドラマをぼんやり眺める同居人の姿。テーブルの上にはボトルビールと、分解されて並べられた拳銃《けんじゅう》のパーツたち。外はあんなに晴れた午後だったというのに、突然、夜にワープしたような錯覚に見舞われる。

「なんで、こんな暗くしてんの？」

中野が声をかけると、坂上は顔の角度も変えずに素っ気ない返事を寄越《よこ》した。

「別に理由はない」

「昼メシはどうした？　遅くなったけど、まだなら何か作ろうか」

「どうせあんたも食いっぱぐれたんだろ」

「なんで知ってんの？」

本気で訊《き》いたわけじゃない。彼はいつでも中野の状況を把握していて、危険が迫るたびに現れる。だからメシを食わずに戻ったことを知っていても不思議はないし、むしろ、さっきのドンパチの現場に現れなかったことに違和感をおぼえたくらいだ。

ただ、その理由については、ある程度の推測ならできた。

新井やヒカルと坂上は、どうやら互いの存在を承知らしい。つまり、今日は『中野を護る』新井が一緒にいたから、ピンチが訪れても登場しなかったんじゃないだろうか。

が──そんなふうに考えながら部屋の灯《あか》りを点《つ》けた瞬間、中野の脳内にあったものが全て吹っ飛んだ。

「……え？」

椅子の上で片膝《かたひざ》を抱える坂上の両腕。パーカーの袖《そで》を捲《まく》った左右の前腕には、それぞれデカい絆創膏《ばんそうこう》が貼りついている。そのほか、手首から指先にかけても浅い切り傷やら小ぶりの絆創膏やら、さまざまな負傷の痕跡《こんせき》があちこちに刻まれ、白いTシャツの腹にも擦《こす》れた血痕のような染みがあった。

どれも、さっき部屋を出る前にはなかったものだ。留守にしていた短時間に、一体何があったのか――

数秒硬直していた中野は、我に返って彼に近づいた。

「何があった？　その傷……」

「何でもない」

「何でもないように見えないけど」

「だから、何でもねぇって」

「だって、刃物とか持ったヤツと闘ったんだろ？　ちょっと俺がいなかった間に、またヒカルがきたわけじゃないよな」

言ってからハッとする。

「まさか、さっき新井が撃退したヤツら？　アイツら、あのあとこっちを襲撃しにきたのか？」

何の話だ？　と言わないところをみると、案の上、襲撃のことは知っていたようだ。

「じゃあ誰が？　でも一応無事だってことは、やっつけたんだよな？」

「──いや」

「え？」

「そうじゃねぇ」

真相はほどなく知れた。

溜《た》め息《いき》を吐いた坂上が顔のひと振りと目線でキッチンのほうを指し、つられてカウンター越しにそちらを覗《のぞ》いた中野は、やっぱり侵入者と闘ったんだと咄嗟《とっさ》に思った。

同居人と元カノがドンパチをやらかした翌日、朝の出勤前には前夜の爪痕《つめあと》がそのまま残っていた地下室は、中野が仕事から帰ってくると魔法のように元どおりになっていた。

何をどうしたのかは知らない。訊いても教えてもらえなかった。

が、いま、その室内が──正しくはキッチンだけが──再び惨憺《さんたん》たる有り様に逆戻りしていた。

散らかりまくった包丁や俎板《まないた》やフライパンなどの調理器具。床やシンクまわりに転々と散った血痕。ほかにも、割れたジャガイモやら潰《つぶ》れた卵の残骸《ざんがい》やら……なんと、今日はこんなもので闘ったっていうのか。

想像を超える格闘の残滓《ざんし》を唖然《あぜん》と眺めていたら、いつも以上に聞き取りづらい口ぶりが背後に聞こえた。

「暇だったから、あんたが帰ってくるまでに晩メシでも作ろうかと思ったんだ」

「え……？」

振り向くと、いつの間にかそこに立っていた坂上が、俯《うつむ》き加減の顔を逸《そ》らして低くこう続けた。

「けど、料理って──やったことなくて」

中野は倒れそうになった。

料理をしたことがないという告白のせいでもなければ、何をどうすればこんな惨状になるんだという当惑のせいでもない。

坂上が自分のためにメシを作ろうとした。その衝撃に打ちのめされて、本気で一瞬気が遠くなった。

「じゃあ、包丁使っててそんなに怪我したってこと？」

「刃物のこういう使い方は慣れてなくて」

どういう使い方なら慣れているのかは尋ねないことにする。

「あんたからしたら馬鹿みたいだろうな、こんなこともできねぇとか……」

「そんなことないけど、ちなみに何を作ろうとしたわけ？」

坂上は少し考えてから小さく首を傾け、オムレツ？　と曖昧《あいまい》に呟《つぶや》いた。

ジャガイモと卵の残骸からして、スパニッシュオムレツにでもチャレンジしたのかもしれない。そんなネーミングを知らなかったとしても、作ってあげたことが一度や二度はあったと思う。

それにしても全く、人間相手なら容赦なく腕を振るうくせに、食材相手にはてんで歯が立たなかったらしい。

キッチンでひとり、しっちゃかめっちゃかになっている姿を想像して、知らず頰が弛《ゆる》んだ。

「あぁでも、確かに馬鹿みたいだね」

「――――」

「ほんと馬鹿みたいに俺、いますごく舞い上がってるよ」

同居人がチラリとこちらを見上げ、中野は彼の剝《む》き出しの前腕の絆創膏に目を落として尋ねた。

「その手、銃は扱えんの？」

「この程度の傷は問題ない」

「ならいいけど。まぁ、分解作業もできてたみたいだしね」

帰ってきたとき、ダイニングテーブルの上には鉄砲のパーツが整然と並んでいた。思い返せば確かに、キッチン以外は乱闘の気配を一切感じさせなかった。

「あれはメシを作る前に……作ってねぇけど」

「何言ってんの？　あんたが作ろうって思った時点で、俺は食べたも同然だよ」

「――――」

「まぁとにかく、サッと片づけて何か作るよ。何食べたい？」

「俺はいい」

「いいって、何でもいいってこと？」

「違う。食わなくていい」

耳を疑った。昼前のセックスのあと何も食っていないとしたら、食いしん坊の同居人の腹が減っていないなんてあるはずがない。

「まさか、ほんとは腹に致命的な怪我でもしてる……？」

「致命的な怪我したら死んでるだろ」

それはそうだ。

「じゃあ、傷から熱でも出た？」

「出てねぇよ、何なんだ」

額に触れようとした手を押し退けられて、逆にその手首を摑《つか》んで顔を近づけると、唇が触れる寸前にすうっと頰が逸れていった。

中野は虚を衝《つ》かれた思いで動きを止めた。こんな拒まれ方は初めてだった。

もちろん坂上だって、そんな気分になれないときはあるだろう。それでも妙な違和感を拭《ぬぐ》えなかった。考えてみれば、鉄砲を分解したまま放置しているというのもらしくない。

が、たっぷり訝《いぶか》りながらも追及することはせず、何事もなかったフリで身体を離して微笑んでみせた。

「具合が悪いとかじゃないならいいよ。でも何か作っといたら、いま食わなくても腹が減ったときに食えるだろ？」

あの、バラしてるヤツの組み立てが終わってからでもね——そう言って冷蔵庫を開けたとき、カットソーの背中を小さく引っ張られた。

振り向くと同時に、すぐ後ろに立つ坂上から呟きが漏れてきた。

「組み立ては……いま、しない」

その、どこか頼りない風情を目にした途端、中野の裡《うち》で正体不明の情動が一斉にいきり立った。

頭か、身体か。発生源の見当もつかないまま冷蔵庫の扉を乱暴に閉め、背中を手荒く引き寄せる。さっき逃げられた唇に喰《く》らいつき、尻《しり》から腿《もも》の裏へと手のひらを這《は》わせて抱き上げると、弾《あお》みでどこかの傷が擦《こす》れたのか坂上が小さく呻《うめ》いた。が、それすらもザワつく高揚感を煽る要素でしかない。

そのままダイニングに移動して、抱えた身体をテーブルの天板に下ろす寸前、分解された銃に気づいて危うく回避した。

なのに次の瞬間、坂上が手を伸ばして几帳面《きちようめん》に並ぶパーツたちを薙《な》ぎ払っていた。

「え、あんた——」

いいのか？　と訊《き》こうとして思い直す。

もうぶち撒《ま》けたものを、いいも悪いもないだろう。

いつにも増して衝動的だった行為のあと、中野はオムライスを作った。

今日の具材は、ウインナーとピーマンとコーン缶。実は鶏肉《とり》や玉ねぎを使ったスタンダードなものより、彼がこの組み合わせを好むことを最近知ったばかりだ。このレシピの場合、仕上げにかけるのはシンプルにケチャップのみと決まっていた。

中野がソイツを作る間に、坂上はばら撒いたパーツを集めてテーブルの上に並べ直した。ただし組み立てはせず、置きっぱなしのままボトルビールを傾けている。

「そういえばさ」

出来上がった皿をテーブルに運んで中野は言った。

「二階で起こったことを何か知ってるのかもしんないけど、あんたが気にするようなアクシデントじゃないからね？」

新井とメシにいくことを二階のトイレから知らせたとき、彼は既に知っていた。建物内を監視するなら、音声の傍受だけで映像はないなんて中途半端はあり得ないだろう。だとしたら、新井とともに帰宅した際の接触事故も承知のはずだった。

「出かけたのも、あんたの昼メシよりアイツの誘いを優先したわけじゃない。ヒカルの名前が出たから、何か有効な情報でも入ればって思ったんだよ。あんたのためにね」

恩着せがましい弁解への反応はなく、坂上は聞いているのかいないのか、吸い寄せられるようにオムライスを見つめたまま傷だらけの手でスプーンを取った。

こういう顔、どこかで見たことあるな――

不意にデジャヴのような気配が脳裏を掠《かす》め、思い至った。

小学校の高学年だった頃に、母親が時々預かっていた近所の子どもだ。中野自身はほとんど接触がなかった幼児に、一度なりゆきでオムライスを作ってあげたことがあった。あの子も、目の前の同居人みたいにスプーンを握り締めて、一心に黄色い小山を見つめていた。

そばに立ったまま、しみじみと懐古する中野に、斜め下から不審げな上目遣いが刺さってきた。

「何ニヤついてんだ？」

「別にニヤついてないよ。おいしい？」

坂上は無言で頷《うなず》いて黙々と食いはじめた。中野はキッチンに引き返して自分の皿を仕上げ、冷蔵庫からビールを二本出してダイニングに戻った。

ボトルの一本を同居人の前に置いて、向かい側の席に座る。まずビールを呷《あお》ってからスプーンを手にしたとき、テーブルの対岸からこんな声が漏れてきた。

「――別に、二階のことがあったからメシを作ろうとしたとかじゃない」

「うん？　あ、さっきの話？」

どうやら、聞いてはいたらしい。

「別にそんなことは勘繰ってなかったけど、わざわざ言われると逆にそうなのかなって思っちゃうよ?」

「だから違うっつってんだろ」

「じゃあ、作ろうとしたら二階の出来事を知って暴れて、あんな惨状になった?」

「二階と料理は関係ない」

低く吐いて乱暴にケチャップライスの壁を掘るさまを眺め、中野はオムライスをひと掬《すく》いしてから顔を上げた。

「そういや二階といえば、こないだヒカルがきたときさ。あんた、途中で偶然みたいな顔して帰ってきたけど、アイツがいることはドアを開ける前からわかってたんだろ?」

考えてみれば、いつでも何でも把握している周到な坂上が、部外者の来訪中にうっかりドアを開けたりするわけがない。

そう言うと、同居人は熱のない口ぶりを返してきた。

「客の正体がわかってたから牽制《けんせい》したんだ」

「ヨリを戻そうったってそうはいかないっていう、元カノへの牽制?」

「そっちじゃない」

「あんたたちの関係を知らないから憶測で言うけど、その牽制は逆に挑発しちゃったんじゃないかなぁ。彼女、あんなナリして競争心っていうか闘争心の塊だしね。なんかほら、小型犬のほうが気性が荒かったりするアレみたいなもの?」

「犬はともかく、よくあの女とつき合ってたな」

「そこは我ながらまぁ、よくぞ耐えたと思うね。でも、気を遣わなくていい相手だったことは救いかな。ところで、ぶち撒けたものはみんな見つかった？」

中野はスプーンの先で、テーブルの一角を占めるパーツの行列を指した。坂上が首を横に振る。

「どうすんの？」

「見つけたら組み立てる。見つからなきゃ諦《あきら》める」

「どっちに転ぶかわかるまで、ずっとここに並べとくつもり？」

「――――」

彼は目も声も寄越《よこ》さず、片手でオムライスを頬張りながら片手でパーツたちを隅に追い遣《や》った。

その横顔に赤いものが見えて、中野はテーブル越しに手を伸ばした。

「ケチャップついてるよ」

笑って指で頬を拭ってやると、坂上が放心したように固まった。そんなところにケチャップなんかつけて気づかない己の失態にショックでも受けたんだろうか？　だけど正直に言う。同居人は夢中でメシを食うあまり、頬や顎《あご》に何かくっつけていることが多い。だからいまさらだ。

微笑ましく目を細める中野に、対岸から射殺しそうな目が飛んできた。

「いつまでニヤけてんだ？　さっさと食えよ」

そう忌々しげに吐いて、彼はオムライスの最後のひと山を無造作に掻《か》っ込んだ。

5

エレベータがほしいな。

押入れの階段を二階まで上ったところで、中野は洗濯物が詰まったランドリーバスケットを一旦《いったん》下ろして溜《た》め息《いき》を吐いた。

普段は地下で乾燥まで済ませる洗濯も、晴れた休日にはやっぱり天日に干したい気分になる。殊に、目覚めたら同居人がいなくなっていて、外は最高に清々《すがすが》しい秋晴れで、顧客からの頼まれごとに煩わされる予定もない、こんなエアポケットみたいな日曜となれば絶好の外干し日和だった。

ただ、濡《ぬ》れた荷物を地下から屋上まで運ぶ間に、必ず途中で一度は億劫《おっくう》になってしまう。もう、二階のベランダで妥協してもいいんじゃないか。そんなふうに己を甘やかしそうになる。

それでも天辺《てっぺん》に到達した途端、そんな苦労も喉《のど》もと過ぎれば何とやらだ。午後には翳《かげ》ってしまう階下のベランダとは陽射しが段違いだし、何よりこの開放感とは比べものにならない。

地下では感じることのない好天の恩恵をたっぷり浴びて洗濯物を干しはじめると、知らず鼻唄《はなうた》が漏れてきた。昨夜点《つ》けていた海外ドラマのクライマックスシーンでフルコーラスが流れたソイツは、アメリカのメタルバンドがカバーした往年の名曲だった。

サビを口ずさみながら同居人のボクサーブリーフをピンチハンガーに吊《つ》るして、中野はその中身に思いを馳《は》せた。深夜に腰が立たなくなるほどベッドで乱れた同居人は、夜明け前にはもう姿を消していた。

あんな身体で、ちゃんと服を着られたんだろうか。もちろん裸で出ていったわけはないとわかっていても、つい余計な心配をしてしまう。

運んだものを全て干し終え、中野は屋上をぐるりと囲うメッシュフェンスに近づいて辺りを見渡した。休日の住宅地、付近の路地に人影はない。十月の空は一段と高く、空気は仄《ほの》かな金木犀《きんもくせい》の香りを孕《はら》んでいた。

ワンブロック先の角に、シルバーのステーションワゴンが停まるのが見えた。

横っ腹にペイントされた黒っぽい文字は、何と書いてあるのかここからでは読み取れない。それ以外は特に目を引くでもない商用車。なのに、妙に気になって眺めていたら、助手席のドアが開いてチェックシャツの人物が降りてきた。

左手に小ぶりな荷物をぶらさげている。車体を回り込んだところで呼び止められたのか、振り返って運転席の窓に近づいた男の肘を、中から伸びてきた手が摑《つか》んだ。が、彼が振り払って離れると、すぐにステーションワゴンも何食わぬ素振りで走り去った。

その顚末《てんまつ》を眺めてから、中野はフェンスに寄りかかって空を仰いだ。遙《はる》か遠くに白い塊がひとつ、ぽっかりと浮かんでいる。

しばらくすると階段室のほうから同居人がやってきた。白いTシャツに、赤とグレイのチェックシャツ。細身のブラックデニムにローカットの黒いスニーカー。

「おかえり、仕事？」

坂上は小さく頷いて、左手に提げていたボトルビール二本のうちひとつを寄越した。路上に見えたときはパックを持っていたようだから、一旦地下に入って置いてきたんだろう。青いラベルは満月のデザインだけど、円形の水色は今日の空みたいな色でもある。

「クルマで送ってくれたのは仕事仲間？　もしかして相棒とか？」

中野の問いに、坂上の目が路上をひと舐《な》めして戻った。ここから目撃されたことを悟ったらしい。

「相棒なんかいない。あれは情報屋だ」

「へぇ……」

「だったら何だ？」

「小学生の頃にさ、たまに母親が近所の子を預かってたんだよ」

言ってボトルをひと口呷り、こう続ける。

「幼稚園児くらいの小さい男の子。俺がもう大きくなってたからつまんなかったのか、母がその子をすごく可愛がっててね。別にもともと仲睦《なかむつ》まじい親子関係でもなかったんだけど、あの頃はほんのちょっと妬《や》けたような気がするんだよなぁ」

柵越《さくご》しの下界を眺めていた坂上の目が、再びこちらに巡ってきた。

「――あんたは、大きくなる前からつまんなかったんじゃないのか？」

「まぁ、そうかもしんないね」

「で、それが何なんだ？」

「俺の同居人が知らない誰かのクルマから降りてくるのを見て、久々にそんな感じの気持ちになったって話だよ」

「作り話だろ？　あんたが誰かに妬いたりするとは思えない」

「さぁ、どうだろうな」

中野は笑って、ボトルを傾ける横顔に唇を近づけた。

「ビール、地下で飲まない？」

耳もとで囁《ささや》くと、答えもない代わりに拒絶もなかった。


明けて月曜の朝。

出勤した中野は同僚と出くわすなり、挨拶《あいさつ》もなく真顔でこんなことを言われた。

「なんか元気そうだな。朝からイチャついてきたのか？」

素性がバレて以来、新井は「同居人の存在を知っている」というスタンスを隠さなくなった。だからこちらも、何食わぬ素振りで答えることにした。

「残念ながら、ゆうべ出てったきり帰ってないよ」

　昨日の午前中、ビールをぶらさげて屋上に現れた坂上は、夜遅くに電話がかかってくると再び出かけてしまい、それきり戻らなかった。にもかかわらず中野が「元気そうだ」なんて評されるのは、屋上から地下に潜って出ていくまでの半日、彼が一切服を着なかったおかげかもしれない。

　別に、ずっとセックスしていたわけじゃない。ほんの短時間だけ眠る間も、ビールを飲みながらテレビを眺めるときも、風呂上《ふろあ》がりにも、面倒だからと言って着なかっただけだ。それでも、眺めているだけでも眼福だったし、その間に一切手を出さなかったとも言わない。

　中野の回想を嗅《か》ぎ取ったのか、隣に並ぶ新井が醒《さ》めた横目を寄越した。

「本当は、ほかにも帰る部屋があるんじゃないのか？」

「というと？」

「中野んち以外にも寝泊まりする場所があって、彼の同居人を名乗る別の人物がいるんじゃないのか、ってことだよ」

「あぁ、あちこちの家で餌をもらう猫みたいに？　まぁ、しょっちゅういなくなるのは事実だし、少なくともその間はどこかに寝泊まりしてるだろうね」

「気にならないのか」

「そりゃ、なるよ？」

「お前でも？」

中野は肩を竦《すく》めて受け流し、それから二人は黙々とタイルカーペットを踏んで廊下を進んだ。やがて、新井が口をひらいた。

「もし、不在の間の行動を知りたいなら調べる手段がないわけじゃない。電話番号さえわかってれば、電源やGPSが切れてても――」

「無駄無駄無駄、無駄ですよ！」

突然女の声が割り込んできて、リーマンたちは同時に目を向けた。

いつの間にか彼らの背後に貼りついていたのは、つい先日会社に舞い戻ってきたばかりのヒカルだった。

唐突な復職を事前に知らなかったのは中野だけじゃない。ある朝、弊社の社員証を首から提げて、しれっと登場した彼女の澄まし顔を、新井も強張《こわば》った表情で見つめていた。以前なら同僚のそんな顔を、燻《くすぶ》り続けた恋の火種に再び息吹《いぶき》が触れたとでも勘違いしただろう。が、そんな長閑《のどか》な曲解をしていられたのは近くて遠い過去の話だ。

中野の左側に並んだヒカルが右側にいる新井を覗《のぞ》き込み、手にしたコンビニカフェのプラカップを捻《ひね》り潰《つぶ》さん勢いでまくし立てた。

「ミナト相手にサービスしたって何のメリットもないどころか、骨折り損のくたびれ儲《もう》けですよっ？　こんなヤツに優しくしたって百害あって一利どころかマイナスにしかならないし、いまや『K』しか目に入ってないんだから、もう余計に可愛さ余って憎さ百倍になっちゃいますって！　これ、親切な後輩からの心温まる忠告ですからね⁉」

声が途切れた間隙《かんげき》を縫って、中野と新井は同時にそれぞれこう言った。

「ことわざっぽいのが三回も出てきたね」

「別にサービスしようなんて気はないよ」

前者が中野、後者が新井だ。

ハッ、とヒカルが鼻で嗤《わら》った。坂上とのドンパチで負った怪我はほぼ完治して、もう日常生活にも裏の生活にも何ら支障はないらしい。

ところで、彼女のセリフにあった『K』という謎の記号——実は、それこそが例のラストウイスキーの女から聞きそびれた坂上の通称だった。

なんと、K。たった一文字。

あのとき余分だった「そうね」のひとことより、さらに短い。

しかし、知ることができたのは通称だけで、同居人の素性については彼らも頑《かたく》なに口を噤《つぐ》んでいる。

新井によれば理由は二つ。ひとつは、そこに触れると業務の都合上まずい部分にまで言及せざるを得なくなるかもしれない、という懸念。もうひとつは、本人が隠しているんだから外野がリークするべきじゃないという、単純かつ真っ当な理屈だった。

確かにそれはそうだ。だから中野も、坂上が話す気になるまで待つつもりではいる。

「ちなみに、そのKっていう通称はどういう由来なわけ？　あぁもちろん、彼の正体にかかわることなら訊《き》かないけど」

期待せずに尋ねた途端、ヒカルがしたり顔で即答した。

「カレよ」

「うん？」

「何なの、その顔。質問に答えてやってんでしょ。カ、い、カレのKだってば」

「え？　まさか、HeとかHimのカレ？」

「だから、そのまさかよ。ほかにも呼び名はいろいろあるけど、Kって通称が最もスタンダードなのは、特定の人物を指さない三人称が語源だからっていう理由らしいわ。ま、隠語みたいなものよね」

「いや、そんな安直な――」

「安直で何が悪いのよ。まぁカレじゃなくて、HeとかHimの『H』でも良かったのかもしれないけどエッチってのもねぇ？　そりゃ、ミナトにとってはエッチな同棲《どうせい》相手なのかもしんないけどさぁ？」

アイスラテのストローを意味ありげに指先で扱《しご》きながら、ヒカルが上目遣いを寄越《よこ》してニヤつくと、新井が草食系の顔面に不快感を刷《は》いた。

「下品な下ネタはやめろって、いつも言ってるだろ」

「あっ、また新井先輩ったらヤキモチ妬いちゃってぇ。大体、そうやって先輩が不甲斐《ふがい》ないから、私がまた駆り出されることになったんですからねっ？」

「俺の不甲斐なさと落合さんが戻ったことは関係ないだろ」
「一事が万事ですよ、先輩。ていうかぁ、前にミナトとつき合ってた頃はそんなこと
だなんて思いも寄らないから、不本意にも私が奪ったみたいな形になっちゃいました
けどぉ、それならそうと最初から言ってくれれば、恋人役なんていくらでも譲りまし
たよ？　ハニートラップ研修の相手がミナトだなんて、成功するわけもないのに腹が立
つばっかりの貧乏クジでしかなかったですしね！」
「今日も言いたい放題だね、ヒカル。馬鹿げた研修で練習台にされた俺のショックも少
しは考慮してほしいな」
「生まれてこの方ショックなんか受けたこともないくせに何言ってんの？　私が地下で
撃たれて死んでても構わなかった人は黙ってなさいよ」
「落合さん、いくら中野だってそこまで血も涙もないヤツじゃないよ」
「新井先輩って、どこまでミナトに甘いんですか？　これほど血も涙もない人間はそう
そういませんよ!?　まぁでも私はミナトのそんなとこが別に嫌いじゃないですけどねっ、
先輩も正しく認識したほうがいいっていうか、もう寝盗《ねと》っちゃえばいいんじゃないです
かぁ!?」
よく喋《しゃべ》る女だ――
憎まれ口を叩《たた》きつけて去った元カノの背中を見送ってから、中野は隣に立つ同僚に目
を向けた。

「新井もさ、ちょっとくらい否定したら？」

「どの部分を？」

「いろいろあったと思うけど」

「別に否定するとこなんかない」

「――――」

中野はもう何も言わないことにして腕時計に目を落とした。同僚たちの本業はさておき、そろそろ我が社の業務に精を出さなきゃならない時刻だ。

午後、客先を訪問して帰社する途中、中野は所用で文京区《ぶんきょう》目白台《めじろだい》に足を延ばした。外出に同行していた新井は、先方を辞したあと私用だとかで姿を消していた。はっきりとは言わなかったけど、どうやら本業絡みらしい。こうなって思い返してみると、そういえば以前から同じようなことが度々あった気がする。

顧客の相談に絡む不動産物件の環境を確認したあと、最寄りの雑司《ぞうし》が谷《や》駅まで乗ってきた副都心線は使わず、有楽町《ゆうらくちょう》線から飯田橋《いいだばし》経由で東西《とうざい》線に乗り換えて戻ることにした。護国寺《ごこくじ》駅を目指してブラブラと不忍《しのばず》通りを歩き、行き交うクルマたちを何気なく目で追いつつスマホの地図を確認した中野は、すぐに顔を上げて再び車道を見た。

路肩に停まっている、ありふれたシルバーのステーションワゴン。ボディにペイントされた『冨賀屋《とみがや》酒店』という黒い文字。歩道を挟んだ敷地には同じ屋号を掲げた素っ気

ない箱形の建物があり、入口の左右に生ビールの樽《たる》がブロックみたいに積み上がってい
る。業販専門なのか、一般客向けの店舗ではなさそうだ。
立ち止まったまま眺めていると、生樽ブロックの向こうから男がひとり現れた。清酒の
手もとの用紙に目を落として電話をしながら、中野のいるほうへ歩いてくる。屋号の入った濃紺の帆前掛け。
ロゴがプリントされた黒いTシャツにインディゴデニム、屋号の入った濃紺の帆前掛け。
仕事柄日焼けするのか肌が浅黒く、袖《そで》から覗く二の腕は標準以上に筋肉質だった。世間
は秋だというのに、年中夏を背負《しょ》っているような季節感度外視の人物で、年の頃は三十
前後。
男は用紙から上げた目を寄越して逸らし、またこちらを見て数秒沈黙した。それから
電話に戻って二言三言で通話を終え、スマホをポケットに突っ込んで近づいてくるなり、
前置きもなくこう言った。
「驚いたな。なんでここがわかったんだ？」
「え？」
「あんたアレだろ？　Kの彼氏」
ニヤついた表情が癇《かん》に障る。が、それよりも『K』という名が出てきたってことは、
だ。コイツは坂上の素性の関係者で、先日屋上から見たのと似たクルマがそこにある。
つまり十中八九、情報屋に違いなかった。
中野は目の前に立つ男を改めて観察した。身長は新井くらいだろうか。ただし外観だ

けは草食然とした同僚とは対照的に、こちらは見るからに肉食系の細マッチョだった。

「まさか、アイツが帰ってこねぇからって捜しにきたのか？」

「アイツって？」

「だから、Kだよ。待てよ、まさか俺が人違いしてるわけじゃねぇよな？」

「逆に訊くけど、なんで俺がそうだって思ってんの？　どっかで会った？」

すると酒屋は、中野の脳天から爪先《つまさき》までを目でひと舐《な》めして鼻で嗤った。

「会うのは初めてだな。けど情報はいくらでも手に入るし、そもそもスーツ着た白っぽいアラフォーリーマンが俺んとこに現れたってなったら、まぁまずほかのヤツって可能性はねぇだろ」

「でも俺は別にここを目指してきたわけじゃなくて、たまたま通りかかっただけなんだよね」

「だとしても、わざわざ立ち止まって店《うち》を見てたよな？」

「ところで、どちらさま？」

中野の唐突な問いに、男が虚を衝《つ》かれたような顔になった。

「は？」

「いくら情報屋だからって、わけ知り顔でベラベラ喋られるのは気に入らないな。頼んでもないのに話しかけてくるからには、まず自己紹介からはじめてほしいね」

「情報屋ってアイツが言ったのか？」

「質問したのは俺だよ?」

「――――」

情報屋は目で宙を一巡してから首を振り、トミガだよ、と投げ出すように言った。

「あっちにもそっちにも、ここにも」

と、路駐のクルマや建物、己の前掛けを顎《あご》で指して続ける。

「書いてあんだろ? もっかい言ってやるけどトミガな、トミカじゃなくて」

「へぇ、じゃあ本名なんだ」

「それが何だ?」

「いや別に、案外無防備なんだなって思っただけ」

「どういう意味だ――?」

全く意味なんかなかったけど、どうでもいいし面倒だから中野はさっさと切り上げることにした。

「じゃあ、これで」

「は? 帰んの? 何しにきたんだよ」

「たまたま通りかかっただけだって、さっき言わなかったっけ? 用なんかないよ」

「あんた、話に聞いてるとおりの兄さんだな」

「聞いてるって誰から?」

「言っとくけどKじゃねぇよ? アイツに訊《き》いたってあんたのことは話してくれねぇ」

冨賀は唇の端で笑って、尻《しり》ポケットから潰《つぶ》れた煙草のパッケージを出した。一本抜いて咥《くわ》え、百円ライターを擦る。

「なぁ、Kと寝るのってどうなんだ？ アイツ、ちゃんと感じんの？ 参考までに聞かせてくれよ。あの不感症みたいなヤツと、どんなエッチしてんだか」

「――――」

「俺はいままで、アイツは銃としかやれないんじゃねぇかって疑ってたけど、金属製のオモチャじゃなくて生身の鉄砲でもイケんのかよ？」

中野の肚《はら》に不快感が湧いたときだ。瓶ビールが詰まったケースを肩に担いだ男がひとり、店舗のほうから近づいてきた。キャップを目深に被《かぶ》り、同じく清酒のロゴがプリントされたTシャツを着ている。

酒屋のスタッフだろうと思《おぼ》しき人物は、冨賀の背後で足を止めて低く漏らした。

「配達だろ？ 油売ってないでさっさといけよ」

どうも聞いた声だと思ったら、黄色いケースの陰に覗《のぞ》く顔が坂上だった。

彼はビールケースを冨賀に押しつけると、その上に引っかけてあった黒いパーカーを取り上げて羽織りながらこう続けた。

「お前を消さないのは役に立つからってだけだ。今度、俺かソイツの機嫌を損ねてみろ。いつでもあの世に送ってやる」

「冗談に聞こえないぜ、K」

「冗談じゃねぇからな」

彼らの会話を聞いていて神経に引っかかったことがある。刺々《とげとげ》しいやり取りのわりに馴《な》れ馴《な》れしく一変した、情報屋の表情や声音だ。中野には不快感しか与えなかったそれらは、坂上を相手にした途端に別の何かにすり替わった。

咥え煙草の男が、ずっしりと重そうなケースを抱え直して、親密さをたっぷり含んだ眼差しを弛《ゆる》めた。

「もういっちまうのか？」

「また連絡する」

「まだ寝てりゃいいのに」

坂上は答えずに歩き出し、中野もあとに続いた。どこに向かうのかは知らないけど、もともと目指していた護国寺駅の方向ではある。

彼の斜め後ろでつかず離れず歩きながら、ふと今朝の新井との会話が蘇《よみがえ》った。ほかにも寝泊まりする場所があって『同居人』を名乗る別の人物がいるんじゃないか、という例の話だ。

「なぁ、帰ってこないときってアイツのとこで寝泊まりしてんの？」

前を行く旋毛《つむじ》に声をかけると、素っ気ない答えが返ってきた。

「いつもじゃねぇよ」

「つまり、珍しいことでもないってわけだ？」

「何が言いたいんだ？」

坂上はデニムのポケットに手を突っ込んでチラリと目を寄越《よこ》した。中野は一歩進んで隣に並び、彼の胸もとにプリントされた清酒のロゴを見て言った。

「おそろいのTシャツなんか着ちゃってさ」

「着替えがなかったからストックをもらっただけだ」

「まさかベッドも一緒だった？」

彼はもう喋《しゃべ》らなくなった。

次に口をひらいたのは、前方に首都高の高架が近づいた頃だ。

「あんた、駅にいくんだろ」

「まぁ、そうだね」

中野が答えるが早いか、じゃあなと言い捨てた同居人は振り向きもせずに左手の路地へと逸《そ》れていった。

きっと、これからまた数日は帰らないんだろう。

――とは思ったものの、その夜、退社した中野は坂上に電話してみた。時刻は十九時半。朝、家を出る前に聞いたばかりの新たな番号にかけると、七回コールしたあと無事に繋《つな》がった。

ただし残念なことに、どうやらメシに誘えるような状況ではなさそうだった。

普段よりも一層抑えた声音と押し殺した息遣いが、電話回線越しに緊迫した気配を伝えてきた。

「取り込み中？」

「まぁな」

「じゃあ切るよ」

中野はそれだけ言って通話をオフにした。

心配じゃないわけはない。だけど危惧《きぐ》するような状況ならなおのこと、どうした？　だの、どこなんだ？　なんて電話口で質《ただ》すのは坂上を危険に晒《さら》しかねない行為だ。それに所在がわかったところで、何もできない中野が飛び入り参加するわけにもいかない。

じゃあ――どうする？

スマホを手に立ち尽くす中野を背後から呼ぶ声がした。

「中野？　何やってんだ、そんなとこ突っ立って」

やってきたのは鞄《かばん》を提げた新井だった。昼間、出先で姿を消した同僚は、中野が帰社したときには既に会社に戻っていた。

「新井……」

定時で帰んなかったっけ？　そう答えかけたとき、不意にあることを思いついて、咄嗟《とっさ》に別の問いにすり替えた。

「朝、言ってた話だけどさ。電話の追跡がどうとかっていうヤツ。位置情報アプリどころか位置偽装アプリが入っててもおかしくないくらいの、そもそもGPS自体オフになってるかもしれないプリペイドのSIMなんかでも、いますぐピンポイントで場所を特定できたりする？　さっき通話したばっかりだから、電源はまだ入ってると思うんだけどな」

新井はこちらに目を据えたまま、慎重な口ぶりを返してきた。

「どういう状況なんだ？」

「うちの同居人に電話したら、何だか取り込み中みたいだったから心配で」

「Kが取り込み中なのは、いつものことなんじゃないのか？」

「まぁ、それはそうかもしれないけど。で、調べられない？　現在地」

「――――」

溜《た》め息《いき》を吐いた同僚が手のひらを差し出した。ロック解除したスマホをそこに置くと、彼は首を振りつつ弄《いじ》りながら、自分の端末でどこかへ電話をかけはじめた。

結果を待つ間、中野はガードレールに尻を引っかけて、車道を流れるテールランプの河を見るともなく眺めた。

坂上の居場所がわかったとき、またはその場に駆けつけたとき、彼がまだ無事だとは限らない。本人の言を借りるなら、人間ってのは心臓か脳味噌《のうみそ》が働くのをやめたら終わりだ。そんな事態が坂上の身に起こっていたら、彼曰《いわ》く「時間の浪費でしかない、稼働できないブランク」が自分にも訪れるんだろうか――

新井の声が思考を遮断した。

「場所がわかったけど、どうする？　いくのか？」

中野はガードレールから尻を上げた。

「もちろん、いくよ。何もできなくても、知らないところで永遠に消えられるよりは遙《はる》かにマシだからね。ついでに、よかったら新井も一緒に……」

言い終わらないうちに新井が車道に向かって手を挙げた。屋根に提灯《ちょうちん》を載せた黒いセダンが目の前に滑り込んでくる。タクシーのドアがひらき、背中を押されるようにして乗り込んだ中野の後ろに同僚が続いた。

シートに収まるなり彼が告げた行き先は、どうやら湾岸エリアのようだった。

「言っとくけど、お前の同居人を助けにいくわけじゃない。俺は俺の仕事をするだけだからな」

「新井の仕事ってのは――」

「お前を護《まも》ることだ」

窓の外に目を投げたまま新井は言った。

運転手はリタイア後の再就職みたいなシニアだったけど、急いでほしいと伝えると、こちらが呆気《あっけ》に取られるような違法スレスレのドライビングテクニックで目指す場所まで速やかに運んでくれた。ひょっとしたら再就職じゃなく、タクシードライバーひと筋の大ベテランだったのかもしれない。

クルマを降りたあと、同僚は遠ざかるテールランプを見送って呟《つぶや》いた。

「スカウトしたい」

しかし残念ながら、いまはそれどころじゃなかった。

到着したのは大井埠頭《おおいふとう》の一画にある物流施設の前だった。辺りは静かで、ひと気がない。巨大な倉庫や荷役機械が並ぶ敷地に入った二人は、新井のスマホ画面に従ってどんどん奥へ進み、ぐるりと建物を回り込んだところで岸壁のそばに出た。

「ほんとにここで合ってる？」

暗い海を眺めて中野が尋ねたとき、突然どこかで野太い排気音が吹け上がった。

続いて倉庫の谷間にけたたましいスキール音が反響した三秒後、前方の建屋の角から一台のSUVが弾丸のごとく飛び出してきた。

分厚いフロントフェイスを引っ提げた黒光りする車体が、尻《しり》を振って後輪を引き摺《ず》りながら体勢を立て直し、猛々《たけだけ》しいエンジン音とともに二人のいるほうへ肉薄する。

新井に突き飛ばされて転がった中野の数メートル先を鉄の塊が駆け抜け、光跡を残して流れ去るテールランプを五発の銃声が追った――次の瞬間。

SUVが大きく蛇行したかと思うと倉庫の壁に脇腹から突っ込み、弾《はじ》かれて横転し、勢い余って三回転半した末、屋根を下にしたまま路面で火花を散らして数メートル滑り、ようやく停止した。

あっという間の出来事だった。

アスファルトの上で跳ね起きた中野の脳天に、すかさず同僚の声が降ってきた。

「安心しろよ、彼なら乗ってない」

「窓が真っ黒だったのに、なんでわかるんだよ？」

「あれに乗ってないことはGPSでわかってた」

「クルマを引っくり返す前に、悠長にGPSなんか確認してた？」

「――――」

新井はスマホの画面に目を落とし、何食わぬ面構えで頷《うなず》いた。

「大丈夫だ」

「いま見たよな、GPSの情報……？」

疑念への答えはなく、彼はSUVのほうへ顔を向けた。誰かが出てくる気配は、いまのところまだない。

新井が歩いていって、クルマが最初に横転した辺りで足を止めた。その左手の先で銀色のライターみたいなものがキラリと光り、煙草も吸わないのにそんなものを持ち歩いているんだな――と微《かす》かな違和感をおぼえた直後、ポッと点《とも》った炎が無造作に地面へ放られていた。

彼の足もとからSUVまで一直線に伸びる、濡《ぬ》れたような黒い筋。さっきの銃声のどれかがタンクに穴をあけたのか。

静かに燃え上がった火の手が、這《は》うように液面を辿《たど》りはじめる。先陣を切る反応帯の青い縁取りがドレスの裾《すそ》のようにガソリンを舐《な》め、目映《まばゆ》い炎を従えてSUVへとゆっくり近づいていく。

時折吹きつける海風に煽《あお》られ、次第に火勢が増すさまを見物していると、引っくり返ったクルマのリアドアが勢いよくひらいた。

車内から這い出てきた坊主頭が、こちらの二人を素早く見比べるなり新井に向かって銃を向けた。まずは武器を持っているほうから片づけようという肚《はら》だったんだろう。が、その銃口が完全に持ち上がるよりも早く、新井の弾がソイツの胸倉に撃ち込まれていた。立て続けに二発。

その間にも炎が前進を続ける一方で、クルマに次の動きはない。中にいたのは坊主頭ひとりだったのか、それとも残りの乗員は既にくたばったのか。本当に新井の言うとおり、同居人は乗っていなかったのか――

引き返してきた同僚に念押しで確かめようと中野は口をひらいた。

と同時に一発の銃声が倉庫の谷間に木霊《こだま》し、SUVの向こう側に男が倒れ込むのが見えた。どうやら、まだ生き残りがいたらしく、ここからは死角になっているドアをそっと開けて出たようだ。しかし撃ったのは新井じゃない。

「――――」

無言で目を交わした二人は、示し合わせたように同じ方向に顔を向けた。

最初にクルマが飛び出してきた角の辺りから、こちらに向かってくる人影があった。

急ぐでもなく、遅すぎもしない、特徴のない歩き方。右手の先に、まるで身体の一部のように拳銃《けんじゅう》がくっついているシルエットは、服装や背格好で遠目でもそうとわかる。坂上だ。

中野は二番目にくたばった男へと目を戻した。同居人が現れたポイントからは、目測でおよそ五十メートル。オリンピックの射撃競技並みの距離感だけど、同程度の種目はハンドガンではなくライフルじゃなかっただろうか。

考えるともなく思った直後、視線の先でSUVが吹っ飛んだ。

炎が迫っていくのを他人事《ひとごと》みたいに眺めていた中野たちも、万全を期して避難しておくべきだったのかもしれない。ただまぁ幸い、被害はここまで及ばなかった。

爆発には見向きもしなかった新井が、近づいてくる人物から中野に目を移した。

「あれがお前の同居人だろ？」

「まぁ、そうみたいだね。でも、あのクルマに乗ってなかったっていう新井の根拠はGPSだったけどさ、誤差とかスマホが別のところにあったとか、いろんな可能性はあったよな？」

「無事だったんだからいいだろ」

同僚が乱暴な結果論を振りかざした頃には、もう顔が判別できる距離に坂上がいた。

服装は昼間に不忍通りで別れたときのまま、清酒のロゴがプリントされたTシャツにパーカー、デニムとスニーカー。感情の窺《うかが》えない面構えが中野を捉《とら》え、傍らの同僚と

SUVを経由して再びこちらを見る。

近づくにつれて徐々に歩みが緩み、声が届くくらいの位置で彼は足を止めた。

「なんでいるんだ？」

「あんたが危ないことやってるみたいだったから、いても立ってもいられなくて」

「いまにはじまったことじゃないのは承知だろ」

「そうだけど、今日はリアルタイムで知っちゃったからね」

「それで、お友だちを連れてきたのか」

「というより、お友だちに連れてきてもらったってのが正しいかな。紹介したほうがいい？」

最後の問いは同居人と同僚を交互に見ながら、どちらにともなく尋ねたものだ。が、どちらからも答えは返らず、坂上が再びSUVの残骸《ざんがい》を見て呟いた。

「燃やしたのか」

「お友だちがね」

「下っ端のアイツらなんかどうでも良かったのに」

これに応じたのは新井だった。

「雑草は根絶やしにしとかないと、性懲りもなく生えてくるからな」

発言とのギャップが甚だしい草食系の顔面を、坂上の横目がチラリと掠《かす》めた。

「——余計な手出しより、やるべきことがあるんじゃないのか。ガードならコイツをひとりにするな」

抑えた声音は、新井が火を放つために中野のそばを離れたことを言ったんだろう。同居人が遠距離射撃で仕留めた男は、その間にSUVから抜け出していたからだ。

同僚は眉《まゆ》ひとつ動かさず、坂上も彼の反応を待つ素振りもなく岸壁の端まで歩み寄ると、鉄砲とスマホを順番に振りかぶって暗い海に放り捨てた。

帰りの手段は、敷地の隅に停めてあった坂上のクルマだった。

さっき炎上したピカピカのSUVとは対照的に、拍子抜けするほどありふれた白い軽のワンボックス。4ナンバーの黒いナンバープレートは、ゾロ目でもなく語呂《ごろ》合《あ》わせもできない、記憶に残りづらい四桁《けた》の数字。フロントガラスの内側に『配達中』のサインプレートが置かれている。

運転席に座った坂上が『配達中』を裏返してエンジンに点火した。

年季の入ったシフトノブを一速に押し込んでサイドブレーキを解除し、クラッチと入れ替わりにアクセルを踏み込んだ途端、軽四は古い車体に似つかわしくガタつきながらも軽快なレスポンスで車道に飛び出した。

助手席からインパネを覗《のぞ》くと、走行距離は二十三万キロを超えていた。

電車に乗るという新井を品川《しながわ》駅で降ろして、中野と坂上はいづみ食堂に帰還した。

車中で普段以上に寡黙だった坂上は、地下室に入るなり射撃訓練部屋のマンターゲットを蜂の巣にして無言のままバスルームに消えた。

中野は部屋着に着替え、冷蔵庫から出したボトルビール片手にテレビをオンにした。たまには海ドラ以外を観ようかと思ったものの、民放はそそらないバラエティ三昧《ざんまい》、NHKのニュースはひとりで眺めるにはテンションが低すぎて気乗りせず、最後は衛星放送のネイチャードキュメンタリーに落ち着いた。

画面越しに南米の大自然を眺めながら、そういえば同居人はメシをどうするんだろう？ と考えた。バスルームまで訊《き》きにいこうかとも思ったけど、結局やめる。戻ってきてから作ったところで大して時間はかからない。

ところが、ボトルがほとんど空になった頃、妙に長風呂《ぶろ》すぎることにようやく気づいた。テレビの大自然はとっくに終わって、既に次の番組がはじまっていた。

中野は椅子を立ってバスルームに向かった。扉を開けて中を覗くと、湯張りしたバスタブに坂上が沈んでいた。

部屋の主《あるじ》が風呂好きなせいか、フルオーダーだというバスタブは中野の基準で言えば「馬鹿デカい」のひとことに尽きた。幅二メートル超、奥行き一メートル超という大型浴槽は縁を除いても十分なキャパシティで、百七十センチ台前半の同居人なら脚を伸ばしたまま寝そべることができる。

で、まさにいま、その広い浴槽の底に目を開けたままの坂上が横たわっていた。

覗き込んでぶつかった視線が生者のものか、死者のそれなのかを考える間もなく、中野は片足と両手を突っ込んで水中の身体を引き上げた。湯温は、体温よりも低いくらいのぬるま湯だった。

「――何なんだ、顔が怖《こえ》ぇよ」

坂上が喋《しゃべ》った。どうやら入浴事故じゃなかったようだ。

「驚かすなよ、何やってたんだ……」

「別に、考えごとしてただけだ」

「風呂の底で？」

「空間から遮断されて、ものを考えるのに一番適してるからな」

彼はそう言って膝《ひざ》を抱え込み、濡《ぬ》れた前髪を鬱陶《うっとう》しげに掻《か》き上げた。濡れそぼった髪から頬へ、首筋へと、雫《しずく》が幾筋も伝い落ちていく。

「考えごとって？」

「大したことじゃない」

「俺と同僚の仲を疑ってヤキモキしてた？」

「何言ってんだ？」

「冗談だよ」

中野は笑ってバスタブの縁に座った。スウェットパーカーのセットアップは、バスタブに踏み込んで坂上を抱え上げた時点で大部分がずぶ濡れになっていた。いまさら尻《しり》が濡れることを気にしたって意味はない。

「ところで、訊いていいかな。もしかして今日の出来事も、俺やあんたや同僚たち、みんな引っくるめて繋《つな》がってる、何だかわかんない友だちの輪と関係あったりすんの？」

尋ねると、否定も肯定もない無言の目が返ってきた。が、起伏のない表情を透かして、苛立《いらだ》ちや戸惑い、呆《あき》れや怒り——そんな色合いがチラついて見えるのは錯覚だろうか。

何か言いたげに動いた坂上の唇が、迷うような空白を挟んでこう漏らした。

「関係あるどころか、あんたを中心に何もかもが回ってる。ほんとはわかってんだろ？あんたのその外見に全ての原因が詰まってるって」

「俺の外見……？」

中野は何気なく壁の鏡に目を遣《や》り、手を伸ばした。曇った鏡面を斜めに撫《な》でると、切り出された領域から見慣れた顔が見返してきた。

同居人とは異なるカテゴリの生物学的形状。彼と比べれば明らかにメラノサイトの量が少ない、虹彩《こうさい》や肌の色。

外見的な異質さは、子ども時代なら友人たちに揶揄《からか》われることもあった。かと言ってそこに悪意はなかったし、大人の仲間入りを果たして久しい現在はなおのこと、そんなものがトラブルを招く理由なんて見当もつかなかった。

ただ、己の知らないところで憎悪の対象になる可能性は、中野に限らず誰しもゼロではないだろう。何しろ他人の気持ちというものは計り知れない。

だから振り返って訊いてみた。

「えっと、ヘイトクライムってことかな？」

「そうじゃない」

「じゃあ残念ながら、さっぱりわかんないね」

中野は肩を竦《すく》めて立ち上がり、濡れた服を脱ぎはじめた。重く纏《まと》わりつく布地の不快感も脱いでしまえば関係ない。

坂上が顔を上げて、膝を抱えていた腕を弛《ゆる》めた。

「風呂に入るのか？　なら——」

「あぁ、出なくていいよ。一緒に入ろうよ」

一般家庭並みの浴槽なら、成人男性が二人同時に入るなんてのは、入浴がもたらすメリットを台無しにしかねない愚行だ。が、ここまで広ければそんな心配は無用だった。

「いまの話、とりあえず俺のルーツに何か問題があるらしいってのはわかったよ。けど、ソイツも教えてくれる気はないんだろ？　だったら気にしてもしょうがないし、ひとまず忘れてバスタイムでも楽しもうよ。あんたも、そんな不景気面してないでさ」

濡れた衣類を壁際に放ってバスタブに足を突っ込んだ途端、坂上から思わぬ非難が飛んできた。

「おい……掛け湯もしねぇで」

「日本人だねぇ」

「あんただって中身はそのはずだろ」

「中身だけじゃなくて外側も半分はそうだよ、多分ね」

言いながらぬるま湯の中で近づくと、彼の顔面と全身が仄《ほの》かな警戒を孕《はら》んだ。

「待てよ——風呂を楽しむって、どういう意味で言ったんだ？」

「どうっていうか、そうだなぁ。まぁ、言葉の意味なんかどうだって良くない？」

中野は笑って、水面上に覗いている膝小僧《ひざこぞう》を手のひらで辿《たど》った。

「要は何をするか、だよね」


トマト缶と期限切れ間近の生クリームがあったから、今夜は冷凍のシーフードミックスを使ったトマトクリームソースのオムライスにした。

レンチンしたブロッコリーを添えて同居人の前に皿を置き、中野も自分の皿を手に対岸の椅子に着く。テーブルの上に立つ二本のボトルビールは、象の横顔がプリントされたキャッチーなラベルのケニア産だ。

「そういえば、いつもビールを持って帰るのは情報屋が酒屋だから？」

「まぁな」

オムライスを貪《むさぼ》る手を止めず、顔も上げずに坂上が短く答えた。

「じゃあ、しょっちゅう一緒に仕事してるってことだよね」

「そうでもねぇよ」

「けど、出かけてったときはほぼ毎回ビールを持ち帰るだろ？」

「アイツは用がなくても寄越《よこ》すからな」

「――――」

以前の中野は、同居人が持ち帰る輸入ビールたちを歓迎すべき特典だと思っていた。なのに彼との関係が変化し、さらに土産の出どころが知れたいま、有り難い気持ちは随分と褪《あ》せてしまったように感じられた。が、それでもビールに罪はないから、結局は従来どおりに堪能《たんのう》する。

「ビールをもらうだけじゃなくて、彼んちに泊まることも多いよね？」

「何が言いたいんだ？　いまそんな話をすんのはやめてくんねぇか、メシが不味《まず》くなる」

そのメシが出てくるまで鳥の雛《ひな》のように待っていただけの坂上は、採石場の山肌みたいなバターライスの断面を乱暴に切り崩した。

「仕事で組んだからって四六時中一緒にいるわけじゃないし、ここに帰らないからってアイツんとこに泊まるとは限らねぇ。それに、泊まったら何なんだ？　言っとくけど俺はあんたと違って……」

不意に声が途切れ、スプーンの動きが緩慢になった。

「俺と違って？」

「何でもない」

「言いかけたことは最後まで言おうよ。出された食事を残すのと同じくらい、マナーに反するよ？」

「――俺はアイツとキスなんかしてない」

素早く滑り出たセリフから数秒後、中野はゆっくりと首を傾けた。

「もしかして、俺が新井にキスされたことを責めてる？」

キスしたのは自分の意思じゃない、というニュアンスを匂わせることは忘れない。

「そんなんじゃねぇけど、あんたが冨賀のことを勘繰るから……」

放るような声とともにスプーンが再び動きはじめた。そのまま、休んでいた時間を取り戻すような勢いでモリモリとオムライスを掻っ込んでいく。

中野はビールを傾けながら、その光景をしばらく見物していた。するとスプーンがピタリと止まり、坂上の目だけが動いて掬《すく》い上げるようにこちらを睨《にら》んだ。

「ニヤけたツラで見るな」

「ニヤけてるつもりはないけど、俺だったらあんたが酒屋とキスなんかしたら何日も口をきかなくなるし、オムライスに良からぬものを仕込みかねないよ？」

「良からぬものって何だよ」

「さぁ、何だろうね。ていうかやっぱり、風呂《ふろ》の底で俺と新井の仲にヤキモキしてた？」

「いい加減にしろ」

中野の上機嫌に反して、坂上のベクトルは急降下していった。

6

いづみ食堂の二階と三階にある賃貸物件は、一見すると単なる昭和レトロな2DKに過ぎない。

しかし二階は押入れの中が階段になっている。三階はその階段の出入りができず、ほかのカラクリの存在も聞かされてはいないけど、ひょっとしたら秘密の何かがあるんじゃないのか。中野は常々、そう疑っていた。

で、ある晩の帰宅時、ふと思いついて二階ではなく三階の部屋に入ったら、外界と繋がる全てのドアや窓がロックされて、なんと押入れまでもが開かなくなってしまった。

こんなことは初めてだった。が、部屋から出られないというだけなら、それほど慌てることでもない。真夏や真冬でもないから、冷暖房がなくても熱中症になったり寒さに凍えたりする心配もない。

ただ、スーパーで買ってきた食材の中に冷蔵品や冷凍品があった。十月も半ばを過ぎたとは言え、冷凍はもちろん冷蔵だって油断していられるほど涼しいわけじゃない。

なのに、先週聞いたばかりの同居人の電話番号は早くも不通。

まぁ、こんなときは足掻《あが》いたって仕方がない。

中野は心を無にして、和室の畳の上で仰向《あおむ》けに転がった——数秒後、そばに放り出してあったスマホが震えはじめた。

引き寄せた画面には知らない番号が表示されている。寝転がったまま通話ボタンをタップすると、聞き慣れた声が飛んできた。

「あんた、三階で何やってんだ？」

「なんで三階にいるって知ってんの？」

中野の質問返しに溜《た》め息《いき》が返り、同時に部屋のあちこちで小さな金属音が響いた。

「ロックを解除したから、五分以内に出てくれ」

「ありがとう。でも、こういうトラップがあるんだったら教えといてほしいな」

「昨日、テスト的に設置したばっかりで言う暇がなかったんだ。まさか、こんなときにあんたがそこから入るとも思わねぇし」

「ところで、また電話番号変わった？」

「あぁ、ついさっき」

そこで電話は切れた。と思ったらすぐに再びかかってきて、今日は帰らないと言う。

「それくらいの用事はメッセンジャでもいいよ？」

「そうだな」

「もちろん、声が聞きたいならウェルカムだけど」

早過ぎも遅過ぎもしないタイミングで、ただ無反応なまま通話は終了し、三度目はもうなかった。

無事、二階の押入れから地下に降りて買い物の荷物を片づけたあと、中野はダイニングテーブルでビールを開栓しながら考えた。――そういえば、この建物のセキュリティシステムってのは誰が構築しているんだろう？

坂上は、あくまでユーザに過ぎないように見える。なら、そちら方面にも情報屋みたいな協力者がいるのか。できれば、冨賀がシステム担当を兼ねていたりなんかしないことを願う。あの男が中野の留守中にやってきて屋内をウロついているなんて、決して愉快な気分じゃない。

テレビのチャンネルを次々と変えていく最中、スマホに着電があった。テーブルの上で振動する端末を覗《のぞ》くと、さっき三階で見た番号が画面に浮かんでいた。

通話をオンにするなり、坂上の声が淡々と告げた。

「これから一旦《いったん》戻る」

「へぇ、そう」

「客を連れてく」

「俺、いて平気？」

「むしろいてくれ」

「うん……？　何か食べるものとか用意しといたほうがいい？」

「いらない、またすぐ出かける」

で、客って誰？　そう尋ねる前に電話は切れていた。

　まさか情報屋じゃないよな――？

が、小一時間ほどで坂上とともにやってきたのは、幸い危惧《きぐ》した人物じゃなかった。

首との境界が曖昧《あいまい》な顎《あご》の稜線《りょうせん》と、なだらかなカーブを描く広大な輪郭。搗《つ》きたての白餅《もち》みたいな顔面《キャンバス》にセットされた、黒くて四角いセルフレームの眼鏡。まるでアニメか企業のキャラクタみたいな外観の、やたらデブで汗っかきで年齢不詳な天然パーマの男は、鬱陶《うっとう》しいほど人懐っこい満面の笑みを中野めがけて放ってきた。

「わぁ、中野くんだぁ！」

　サイズをミスって購入でもしたのか、樽《たる》形の身体を包むボディコンシャスなピンクのTシャツは、前面に黒い太文字で『情報弱者』とプリントされている。

　そして、もうひとり。

「突然お邪魔してごめんなさいね、ソイツの用事が済んだらすぐ引き揚げるから」

　申し訳なさげに言い、背負《しょ》っていた荷物をドサリとテーブルに置いたのは、眠たげな眼差《まなざ》しと程良く厚い唇が色気を醸し出す長身美女だった。

　ショート丈のデニムジャケットの下は、オリーヴグリーンのタンクトップ。その胸もとは国内じゃなかなかお目にかかれそうにないボリューム感で、大胆に抉《えぐ》れた襟ぐりから深い峡谷が覗いていた。

　その一方で、ワイルドなベルトが巻かれた腰はやたら細く、ブラックレザーのショートパンツはやたら短く、裾《すそ》から伸びる脚はやたら長く、黒いロングブーツの華奢《きゃしゃ》なヒールはやたら高かった。

とにかく一から十まで極端な客二人は、絵に描いたような美女と野獣——いや、忌憚《きたん》なく言わせてもらえば美女と家畜だった。

「システム屋と武器商人」

同居人が熱のこもらない声を投げてきた。それが彼らの紹介だと気づくのに二秒かかり、気づいたあとに三秒、中野は彼らを眺めた。

確かに、テーブルの上のデカいバッグ——タンクトップと同じ色合いの、どこかの軍放出品っぽいダッフルバッグ——は、いかにも武器が詰まっていそうな膨らみ方に見える。だからきっと女のほうが武器商人なんだろう。システム屋が『情報弱者』などというプリントTシャツを着ているのも癇《かん》に障るけど、もしも男のほうが武器屋であるにもかかわらず、彼女に荷物を背負わせてたんだとしたら、このデブは家畜未満だ。

が、当人は中野の胸中など知る由もなく、無垢《むく》な瞳《ひとみ》と馴《な》れ馴《な》れしい口ぶりでこう声を上げた。

「最近のKったら、二言めには中野くんの名前が出てくるからさぁ。どうしても一度、本人に会ってみたかったんだよねぇ！」

言い終わらないうちに、無言の坂上が黒い鉄砲の先をピタリと男に向けていた。

「あれ、え、なんで？」

戸惑うシステム屋を女の呆《あき》れ顔が一瞥《いちべつ》する。

「余計な口を叩《たた》くなってことよ。Kもほら、物騒なものは仕舞って。それに、そんな紹介の仕方ってある？　中野さんだって何がなんだか……」

声が途切れ、彼女の目を追って中野と坂上もシステム屋の顔を見た。

分厚いレンズの奥から武器商人の胸もとを凝視する、物欲しげな眼差し。その先にあるたわわな二つの丘は、胸の前で組んだ腕によって寄せて上げられ、最低でも二割増しのサイズ感となっていた。

次の瞬間、セクシィな美女が豹変《ひょうへん》した。

「どこ見てんだぁ、この白豚野郎がっ！」

罵声《ばせい》とともに、軸足に体重を乗せた鋭い後ろ回し蹴《げ》りがシステム屋の横っ面に炸裂《さくれつ》した。

その、目にも留まらぬスピードときたら、ハリウッドのスタントアクションも顔負けの迫力だった。しかも華奢なヒールをうっかりぶつけて折ったりしないどころか、踵部《かかと》分に固定された装飾的な金属プレートを確実にヒットさせたように見えた。

たっぷりとボリュームのある男の身体が、驚くほど簡単に弾《はじ》けて転がる。その先はもう不出来なSM動画にしか見えない光景で、聞きようによっては差別用語スレスレのボキャブラリィの羅列だったから、残念ながら割愛する。

中野は、我関せずの体でダッフルバッグの中身を検分している同居人に尋ねた。

「止めなくても平気？」

「いつものことだ」

そんなわけで、彼らの名前を知るまでしばらく時間がかかった。

ようやく二人から改めて自己紹介されたとき、中野はシステム屋の顔面で斜めになっている眼鏡が気になって仕方がなかった。

「その眼鏡、大丈夫？」

「うん、沢山あるから大丈夫だよ！」

「タメ口きくな、クソ豚」

武器商人が吐き捨て、緩いカールを描くロングヘアを無造作に払った。彼女はアンナ、システム屋はクリスと名乗った。

アンナはまだしも、クリスはまさか本名じゃないよな——と思ったけど、日本の姓なのかもしれない。それに彼らの名前が本物だろうが偽物だろうが、中野にはどうでもいいことだ。

クリスの来訪目的は、二階と三階のセキュリティシステムのチェックだった。アンナは坂上への納品がてら、興味本位でついてきただけらしい。

「ほんとはねぇ、いつもは中野くんがいない間に作業してくんだけどさ、ほら中野くん、さっき三階のセキュリティを作動させちゃったでしょ？　ちょうど僕たち一緒にいて、Kが中野くんと電話で話してるの聞いてたら、どうしても会いたくなっちゃってさぁ。

だってKがねぇ、こんなにずっと誰かのことばっかり考えてるなんて――」

「眉間《みけん》にドデカい風穴開けられたくなきゃ、黙ってさっさと仕事してきな」

当のKではなく、アンナの冷えきった声がクリスの長口上を強制終了させた。

何にせよ、これで懸念がひとつ払拭《ふっしょく》された。中野の留守中に家の中をウロついていたのが、黒く引き締まった情報屋じゃなくて白く弛緩《しかん》したシステム屋だとわかっただけでも収穫だった。

追い立てられるようにクリスが出ていくと、坂上が武器の詰まったバッグを持って射撃ルームに消えた。納品前の動作確認をするのよ、とアンナが説明してくれる。

「武器の納品って、ピカピカの頑丈そうなケースに入ってたりしないんだね」

「通常はケースごと納品するけど、クライアントによりけりね。みんな、保管や持ち運びの方法にもそれぞれこだわりがあるから」

へぇ、と相槌《あいづち》を打って、中野は冷蔵庫からボトルビールを二本出した。興味深げに室内を眺めている武器商人にひとつ差し出し、手持ち無沙汰《ぶさた》な二人は対面でダイニングテーブルに着いてボトルネックをぶつけ合った。

「それにしても、随分シンプルな部屋ねぇ」

「まぁ、物を持ちたくない人間と持ってない人間しか住んでないからね。カテゴリ別で言えば、彼の武器が一番多いくらいじゃないかな」

水回り前の通路脇にある収納庫には、日常生活に必要な道具類とともに物騒なアイテムも無造作に詰め込まれている。きっとあれらも、あぁ見えて彼女の言う「こだわりの方法」で保管されているんだろう。

「アンナさんは……」

「アンナでいいわ」

「アンナは、やっぱり自分でも撃つんだよね？」

「そりゃあ、一応ね。でも私は銃より刃物のほうが好き。銃ってどうもこう、無骨で好きになれないのよねぇ。確かに便利だけど、愛着を抱く対象じゃないっていうか」

「刃物には愛着があるんだ？」

訊《き》いたのがいけなかった。途端に彼女の瞳が異様なまでの熱を帯び、そこから刃物愛について延々と聞かされる羽目になった。

グラインドがどうとかいう刃の形状の話にはじまり、手持ちの刃物ベストスリー、うち二番目の剣鉈《けんなた》の魅力、ひいては原子や分子の結合を分断する行為についての一考察から、耳を疑うほど陰惨な体験談までをユーモアたっぷりに語ってくれたけど、つぶさに並べると冗長になるから一切合切割愛する。

その間、活《い》き活《い》きと弾む声や表情を中野は眩《まぶ》しく感じていた。こんなにも情熱を傾ける何かがあったら、きっと人生は飛躍的に充実するだろう。

やがて、ひととおり語り終えて気が済んだ武器商人は、ビールをグッと呷《あお》ってこう締め括《くく》った。

「でも、好きこそ物の上手なれってわけにはいかないわね。銃ばっかり振り回してるKのほうが、それでも使い手としては私より断然上だもの」

「へぇ、そうなんだ。でも彼、包丁捌《さば》きはまるで駄目だったみたいだよ？」

「――包丁捌き？」

「料理のね」

坂上がジャガイモ相手に格闘して傷だらけになったことを話すと、彼女は呆気《あっけ》に取られた表情でたっぷり中野を凝視したあと、疑わしげな呟《つぶや》きを漏らした。

「Kが料理ですって……？」

「未遂だったけどね」

「まさか自発的に？」

「俺から頼んではいないよ」

「そりゃあ――黒豹《くろひょう》野郎が一緒にきたがらないわけよね」

「黒豹野郎？」

「情報屋のトミカよ、会ったことあるでしょ？　色黒の細マッチョなヤツ。クリスが白豚だから、二人並べるといいコンビよ」

「トミカじゃなくてトミガだって本人が言ってたけど、本当はやっぱりトミカ？」

アンナが笑った。

「いいえ、本当はトミガ。アイツ、私がトミカって呼ぶもんだからムキになっちゃって、いつもその自己紹介すんのよね。でも濁点がないほうが可愛いじゃない？　ミニカーみたいで」

あの酒屋に『可愛い』は必要ないと思ったから、中野は答える代わりに尋ねた。

「もしかして、ここにくる前、彼も一緒だった？」

「えぇ。そのときにトミカが中野さんと会った話をしたもんだから、余計に白豚野郎が自分も会いたいって騒ぎ出しちゃって」

「物好きだね」

「そうでもないわよ？　中野さんには私も会ってみたかったから、今日はクリスの強引さに感謝すべきかしらね。けどトミカはひとりだけ、あとで拾いにくるって言って、さっさとどっかに消えちゃったわ」

彼女の話を聞きながら考えた。もともと今日、坂上は帰らない予定だった。

三度目の電話でも「一旦《いったん》戻る」とか「また出る」とか言っていたから、情報屋が拾いにくるってことは、またあの男とお泊まり会でもするのかもしれない。

「トミカって、Kにベタ惚《ぼ》れでね。どういう種類の感情なのかは知らないけど、ここんとこ中野さんにヤキモチ妬《や》いちゃってどうしようもないわけよ。だから、彼が中野さんのために料理にチャレンジしたなんて知ったら、ますますヘソ曲げちゃうわね」

これから坂上がトミカと出かけることを考えたら、中野だってヘソを曲げる。それこそ、どういう感情なのかは我ながら不明だけど。

「そういえば、情報屋の彼は酒屋が本業なんだよね？　みんな、それぞれ表向きの仕事があったりするわけ？」

そう尋ねた理由の半分以上は、冨賀の話題を終了させるためだった。

アンナが軽く頷《うなず》き、ボトルを傾けてからこう答えた。

「クリスは在宅でフリーランスのエンジニアをやってるわ。私は、実家の葬儀屋」

「葬儀屋？」

「そう、代々続く地域密着型の小さな葬儀屋よ。でも、いまは母が切り盛りしていて私は手伝い程度だから、やっぱり本業は武器屋かしら」

「へぇ」

「ちなみに葬儀屋は母方の家業で、武器商人は父方の家業なの。私の曾祖父《そうそふ》にあたる人がベネズエラ人でね、向こうで武器ビジネスを手広くやってたらしいんだけど、日本人旅行者だった曾《ひい》お祖母《ばあ》ちゃんと恋に落ちて、こっちに移住したんですって」

まるでIターン就農でもしたかのような話しぶりだけど、そうじゃない。

いずれにせよ、南米の血が混じっていると聞いて、彼女の日本人離れした美貌《びぼう》やボリューム感に得心がいった。

「何だか、ならず者ばっかり出てくるような映画にありそうなラブストーリーだね。じゃあアンナは、お父さんと一緒にそっちの仕事をしてるってこと？」

「いいえ、十年以上前に代替わりしたの。大学を出たあと葬儀屋のほうをメインでやってたんだけど、二年目に父が他界しちゃってね。で、跡を継いだらいいんじゃないかって母に勧められて」

どうやら武器ビジネスはお母さん公認らしい。

「ところで、葬儀屋ってことはもしかして、坂上が出した大型の回収物を片づける仕事と何か関係はある？」

「坂上……あぁ、Kね？　回収物を片づけるって、掃除屋のことかしら」

「多分ね」

「えぇ、古くからつき合いがある事故物件専門の不動産業者に紹介してもらった、特殊清掃業者のスタッフよ。ねぇ、それより、その坂上っていうの新鮮だわぁ」

アンナはテーブルに頬杖《ほおづえ》を突いて、やや身を乗り出すような姿勢で食いついてきた。

「中野さん専用のコードネームだものね、それもトミカが妬く理由のひとつよ。全く、しょうがないったら——あ！」

彼女は突然、ハッとしたように声を上げて背筋を伸ばした。

「そうだわ、思い出した。中野さんの元カノの落合輝《ひかる》って女の子、私に紹介してもらえないかしら」

「え？」

そこへ坂上が戻ってきた。納品されたものに問題はなかったらしく、武器商人に目で合図を送ると、ダッフルバッグと茶封筒をテーブルに置いてキッチンに入っていった。

封筒を引き寄せて中を覗《のぞ》いたアンナが、やだもう、と呟く。

「Kったら、また色をつけてくれちゃって」

「商品代？　現金決済なんだね」

「専用の口座もあるけど、可能な限りは現金ね。記録を残さないのが一番だから」

彼女は言って、分厚い封筒を無造作にテーブルに戻した。

中野は、冷蔵庫を開けている同居人をカウンター越しに見るともなく眺め、テーブルの対岸に目を戻した。

「何だっけ、ヒカルを紹介してほしいって？」

「そうなの。こないだ、トミカが持ってる情報で彼女の画像を見ちゃったのよ」

「へぇ。で、紹介って何のために？」

「彼女ったら、もうドストライクなんだもん」

頬を弛《ゆる》めたアンナの笑顔を、中野は数秒見返した。

「——あ、そっちなんだ？」

「私、恋愛の方向は定めない主義なの」

「けど、一体ヒカルのどこがドストライクなわけ？」

「まず、あの小生意気な顔ね。あとは全身のバランスとかアウトラインとか、とにかく丸ごと好みなのよねぇ」

「顔が小生意気ってところは否定しないね」

中野が頷いたとき、防音扉から入ってきたクリスが作業完了を告げた。

階段の昇降が堪《こた》えたのか、加熱されて膨らんだ白餅《もち》みたいに赤みを帯びた顔面を見た途端、中野は室温が二、三度上昇したような錯覚をおぼえた。人間の感覚というのは不思議なものだ。

「お待たせ、みんな！　チェック終わったよ！」

「いちいちデカい声出すな、白豚」

眉間《みけん》に鬱陶《うっとう》しさを刻んだ美女が声を尖《とが》らせる。

ビール片手にキッチンから戻った同居人が、尻《しり》ポケットからスマホを抜き取った。画面に目を落として操作し、すぐに顔を上げて客二人に短く告げた。

「迎えがくる」

用事が済んだことを情報屋に連絡したんだろう。

ビールくらい、ゆっくり飲んでいけばいいのに——チラリと思いはしたけど、ボトル一本分の時間差に大した意味はない。

速やかに撤収の態勢を整えた美女と家畜が、それぞれ中野に声をかけてきた。

「中野くん、しばらくは三階から出入りしちゃ駄目だよ。いまセキュリティのテストモード強化中だからね！」

「その馴《な》れ馴《な》れしいタメ口をいい加減にしないと喉《のど》を掻っ捌《さば》くよ、白豚野郎。じゃあ中野さん、例の件よろしくね」

システム屋に続いて、武器商人が魅惑的なウィンクとともに防音扉の向こうに消えたあと、挨拶《あいさつ》もなく出ていこうとした同居人を中野は引き留めた。

「あんたはちょっと待って」

「――――」

坂上は摑《つか》まれた腕に落とした目を上げて寄越《よこ》し、階段の上に声を投げた。

「先にいっててくれ」

アンナの返事が降ってきて防音扉が閉まると、途端に静寂が訪れた。

こちらに向き直って扉を背にした坂上は、何の用だとも訊《き》かない。武器商人が担いできたオリーヴグリーンのダッフルバッグは、いまは買い手である彼の肩にあった。

中野は両手をポケットに突っ込んで彼の正面に立ち、覗き込むように顔を傾けた。

「どうしてもいかなきゃ駄目？」

「仕事だからな」

「酒屋と、ね」

「――――」

「セクシィな武器屋さんから聞いたんだよ、彼が迎えにくるって」

「だったら何なんだ？」

「いかせたくないなぁって、まぁそれだけなんだけどさ」

いかせたくない理由を問われたら答えはいくつかあったけど、訊かれもしないうちから説明する必要はない。

だから黙り込んで反応のない坂上の前に、中野はするりと譲歩を滑り込ませた。

「でも仕事だもんね、引き留めて悪かったよ。頼もしい仲間もいることだし心配はいらないだろうけど、くれぐれも気をつけて」

防音扉に手を伸ばしてノブを引き、送り出すように背中に触れる。促されるまま向きを変えた坂上が、わずかな逡巡《しゅんじゅん》の気配を孕《はら》んだ——ように見えた次の瞬間、彼は手のひらで扉を静かに押し戻し、スマホを出してどこかへ発信した。

「延期する」

ひとこと放って通話を切った端末が、すぐに振動をはじめた。が、電源を落とすことでソイツを黙らせたようだ。

仕事はいいのかなんて馬鹿げた質問は、もちろんしなかった。代わりに背後で静かに待った。まだ撤回できる、と思える時間を坂上がギリギリまで消費するのを。

「——クソ」

やがて忌々しげに漏れた呟《つぶや》きを合図に、後ろから肩に手をかけた。抵抗する素振りがないのを確認して、ダッフルバッグのショルダーストラップをそっと引き剝《は》がす。

「後悔はさせないよ」

「そんなものしない」

「そう？　何やってんだ俺、って感じの顔してない？」

「してねぇよ」

坂上は扉に額を預けて床に声を落とし、ポツリと続けた。

「ただ――いまは自分に呆《あき》れてる」

中野は笑った。

「同じだね、俺も自分に呆れてるよ。あんたは仕事だってわかってんのに、わがまま言わずにいられないなんてね。けど、こういう自分も悪くないとも思ってる。あんただって、もっと自分に呆れるようなことをしてもいいんじゃないかな」

「もうしてる」

「例えば、どんなことを？」

「あんたとの……何もかもだ」

どこか腹立たしげな響きをともなう声。二の腕に触れてやんわり力をこめると、坂上は俯《うつむ》いたままこちらに向き直った。

「じゃあ、わがままを受け入れてくれたお礼に今夜は何でも言うこと聞いてあげるから、自分でも最高に呆れるようなことを言ってみなよ」

「――――」

「ほら。何がいい？」

きっとメシのリクエストがあるだろうと予想した。普段よりも凝ったソースの贅沢《ぜいたく》な具だくさんオムライスだとか、もしくは例のお気に入りの具材のオムライスにハンバーグとエビフライも付けろだとか、食いしん坊ならではのわがままだ。

いま、食材は何があったかな――と冷蔵庫のストックを思い浮かべたとき、抑えた声が聞こえた。

「あんたの……」

「うん？」

「あんたのしたいように――してほしい」

意外な答えに数秒、思考が止まった。そうくるとは思わなかった。

予想の斜め上からやってきたリクエストに面喰《めんく》らい、中野は真意を確かめようと彼の頬を覗《のぞ》き込んだ。

頑《かたく》なに目を合わせない横顔は、いつもと変わらず起伏に欠ける風情だった。だけどそこにチラつく期待の色合いは、きっと中野の錯覚ってだけじゃない。

「後悔しても知らないよ？」

笑い混じりに尋ねた声に、坂上が小さく、しかしはっきりとこう答えた。

「後悔なんか、しない」

7

昨年の暮れにバーで出会った翌朝、匂いが染みつくというよくわからない理由でコーヒーを固辞した同居人は、普段の生活ぶりにおいても無臭へのこだわりがなかなか徹底していた。

洗濯用はもちろん台所や住居用に至るまで全ての洗剤類や、バスグッズなどのトイレタリーは可能な限りどれも無香料。キッチンをはじめ室内全体の換気システムが超高性能らしく、料理の匂いも一切こもらない。鉄砲をぶっ放したあとの硝煙臭さも気になったことがない。

そのほか、中野の基準に照らせば彼の入浴の回数はかなり多い。ただ、これは仕事のために匂いを消すという目的以前に、単なる風呂《ふろ》好きってだけかもしれない。某国民的アニメのヒロインみたいなものだ。

外出の予定がない日、坂上は三回くらい風呂に入ることもある。しかも一回ごとの入浴時間が長い。

ただ、そのたびに躍起になって洗い上げているわけでもなさそうで、湯張りしたバスタブでふやけるほど浸《つ》かっていたり、沈んでいたりするだけのときもある。

風呂の底に沈むのは、考えごとに適しているという以外に息を止める訓練も兼ねたりするらしい。それを聞いてから、彼の入浴中に中野が様子を見にいく頻度が増した。のんきに風呂上がり用のメシを作っている間に、人知れず潜水訓練に失敗していたりなんかされたら目も当てられない。

「──あれ？」

濃紺のボクサーブリーフ一丁で現れた坂上を見て、中野は首を傾けた。

「もう出てきたのか、珍しいね」

ついさっき風呂に消えたところだから、これからオムライスの調理に取りかかって、チキンライスを作り終えた頃に無事を確認しにいこうか、などと考えていた矢先だった。

「給湯システムがイカレたみたいだ」

「え？」

「修理を呼んで、ついでにメンテナンスさせたい別のシステムもあるから、二、三日は外泊になる」

「へぇ、そう。すぐに出るの？」

無言の頷《うなず》きが返る。どうやらオムライスは中止らしい。

「じゃあ、帰ってくるとき連絡くれる？」

よく理解しないまま声をかけると、彼はクロゼットの扉を開けて振り返った。

「何言ってんだ、あんたもだ。業者が入るって言ってんだろ？」

「あぁ、そっか。二人で一緒に外泊すんの？　それとも、俺はどっか泊まるとこを探すべき?」

「俺は仕事があるから、当てがあるなら別のほうがいいかもしれない」

「じゃあ、どうせなら会社の近くに泊まろうかな。それか、新井んちに泊めてもらえるか訊《き》いてみてもいいな。独り暮らしのはずだから……」

言いかけたとき、坂上がブラックデニムに脚を突っ込みながら遮った。

「東京駅周辺で構わないなら、一緒にきてもいい」

「うん? でも仕事なんだろ?」

「仕事するのは昼間だしな」

「誰かの家?」

「ホテルだ。明後日《あさって》から泊まる予定だったけど、前倒しする」

「あんたがいいなら、もちろん一緒にいくよ。ていうか東京駅らへんで構わないも何も、俺の勤務先がそのエリアだってことは知ってるよね?」

中野はテーブルの上のリモコンを引き寄せて、点《つ》けっぱなしだったテレビを消した。好きでも嫌いでもなく、観ても観なくても構わない海外ドラマが、ちょうど無意味な濡《ぬ》れ場に差しかかったところだった。

あってもなくても話の筋に影響しないセックスシーンをいちいち見物させられるなんて、時間の無駄でしかない。そんなものを挟むくらいなら、さっさと話を進めてくれたほうが有り難い。

暗転した画面に、クロゼットから引き返してくる同居人の姿がぼんやりと映り込んでいた。切り取られた黒い光景を何気なく眺めて、中野は尋ねた。

「きてもいいっていうか、きてほしい？」

坂上が足を止めた。Tシャツにパーカー、デニムという見慣れたファッション。右手にミリタリージャケット、左手に頑丈そうなアルミボディのキャリーケースを持っている。ハイカットの黒いスニーカーは、まだ紐《ひも》が解《ほど》けた状態だった。

「きてほしいんならいくけど、そうじゃなければ邪魔しても悪いし、泊めてくれそうなところを当たってみるよ」

「――――」

坂上の唇が動きかけて数秒静止した。

そのまま、何も言わずにテーブルの上でキャリーケースを開けて黙々と武器を詰め込んだ彼は、最後に乱暴に蓋《ふた》を閉めて低くこう言った。

「あんたさえ構わないなら、目の届くところにいてほしい」

それで十分だった。

中野が立ち上がって準備をはじめると、坂上は冷蔵庫からビールを取ってきた。

「あんたの支度ができたら出る」

「え？　もう準備終わってんの？　いまそこに入れたの、武器だけじゃなかった？」

「武器以外はどこでも調達できるからな」

そう投げ返して口をつけたボトルはチェコ産のピルスナーで、彼が昨晩持ち帰ってきた手土産だった。

「あぁ、そっか」

ビールの出どころは頭の隅に追い遣《や》って、中野は声を和らげた。

「俺と一緒だから着替えも必要ないしね。服なんか別に着なくてもいいわけだし」

答えはなく、いつもは出先で何でも調達しているらしい同居人は、無言で衣類をワンセット持ってきてキャリーケースに突っ込んだ。

東京駅の目と鼻の先に位置するホテルは、風呂が壊れたなんて理由で泊まるのは無駄遣いとしか思えないハイクラスだった。

宿泊する部屋は上位ランクではないらしいけど、やたら洗練された広い室内にはゆったりとしたベッドが二台並び、眼下に線路の束や丸《まる》の内《うち》駅舎を望める窓辺に優美なラインを描くカウチソファが鎮座していた。

が、あくまで仕事の都合で選んだという坂上は、到着するなり三脚とテーブルセットの椅子を窓のそばに置いて、開放感溢《あふ》れるガラス越しにフィールドスコープを覗きはじめた。角度的には丸ビルや新丸ビルの方向で、何を見ているにしろ対象物が夜景じゃないことだけは確かだろう。

中野はミニバーから出してきたボトルビール片手に、しばらくソファから同居人を観察していた。普段は口下手な人見知りの風情をしばしばチラつかせるくせに、生業《なりわい》が絡んだ途端に全身を研ぎ澄まして集中するさまは、なかなか興味深いし不思議と目を離しがたい。

それでも手持ち無沙汰《ぶさた》な時間が続くと、さすがに退屈してくるというものだ。

「なぁ、給湯システムの修理なんて誰がやんの？　そこらの健全な業者を呼ぶわけにはいかないよな」

「健全じゃない業者にやらせてる」

坂上が接眼レンズに目を据えたまま答えた。

「前にヒカルと撃ち合ったあと、すぐ部屋が元どおりになってたけど、あれも健全じゃない業者？」

「同じ業者だ」

「へぇ、内装の修繕から配管までやってくれるワンストップサービスか。今度さ、靴を持って行き来しなくてもいい仕様にできないか、訊いてみてくれないかな」

「わかった、考えとく」

「そうだ、あと……」

「まだ何かあるのか？」

「あの建物、セキュリティが充実してるのはいいとしても、まさか地下室まで映像や音声込みの監視システムがあったりはしないよね？」

「ならいいけど。じゃあ、部屋に入る前にうっかり気分が盛り上がっちゃったりしないように、お互い気をつけないといけないね」

「扉の外までしかねぇよ」

「――――」

坂上が上体を起こして椅子から立ち上がった。

「あれ、仕事終了？」

「気が散るからやめた」

「もしかして俺のせい？」

「否定はしない」

「でも、あんたが一緒にきてくれって言ったんだよね？」

答えはなく、彼は椅子とスコープを放置したまま、風呂《ふろ》に入ると言い残してバスルームに消えた。

そもそも、自宅の風呂に入ろうとしたら給湯システムの不具合が発覚して遠足が前倒しになったんだから、着いた途端にスコープなんか覗《のぞ》きはじめたりせずに、さっさと入れば良かったんじゃないのか。

中野はソファでボトルを傾けながら、坂上が消えた方向に目を遣った。

ベッドの向こう側の壁は、上半分がスクリーンで覆われている。壁紙に同調する穏やかな色合いのソイツを上げれば、ガラス張りの窓からバスルームの中が見えるというわけだ。が、ここは安っぽいラブホテルじゃない。その仕掛けは風呂に浸《つ》かりながら部屋越しに夜景を眺めるためのものであって、ベッドから入浴シーンを覗く目的じゃないだろう。

それでも、入浴中の同居人を見物したところで誰に咎《とが》められるわけでもないし、本人だって気に留めないに違いない。なのに中野がそうしないのは、そんな趣向に興奮するほど若くもなければ——ただし、若い頃だって興奮したとは思えない——坂上の裸や入浴シーンをガラス越しに鑑賞したいという気持ちがないからだ。ショーウィンドウなんかなくたって坂上の裸を見れば興奮するし、どうせ見るならガラスはないほうがいい。だから中野は徒《いたずら》にスクリーンを開けたりはせず、スマホとカードキーを持って部屋を出た。

旅行にいく機会も滅多にないから、ホテル泊は久しぶりだった。最後は誰とどこに泊まったかも、もう記憶にない。

抑えた照明がシックな非日常感を演出する廊下には、上品なアロマの香りが仄《ほの》かに漂っていた。壁には等間隔でアートフレームが並び、通路全体がちょっとした美術館のような趣になっている。シリーズものと思《おぼ》しき斬新な配色のシルクスクリーンは、一点一点タイトルと絵を見比べて、何をどうしたらこうなったのかを憶測していれば退屈しなかった。

美術展をひととおり鑑賞し終えると、中野は目的もなくエレベータホールに足を向けた。ロビーまで降りてみるか、暇潰《ひまつぶ》しに下界の散歩にでも出るか。それとも部屋に戻るか。しかし、きっと同居人の風呂は長い。

それにしても、見事なくらい誰にも出くわさない。

もちろん、こんなホテルで子どもが廊下を走り回っていたり、足もとの覚束《おぼつか》ない酔客がウロついていたりするわけはない。が、ここまで生き物の気配がないのも何だか妙な感じだった。

ところがエレベータの呼び出しボタンを押して、ほどなく到着した箱に乗り込んだ途端、どこからともなく現れた女がするりと入ってきた。

これから、銀座辺りで行われる婚活パーティ――とりわけ、男性参加者の年収と身長の下限が決まっている催し――にでも参加するんだろうか？　そんなふうに勘繰らせる装いの女は、優雅な足運びで中野の隣に並び、妙に親しげな挨拶《あいさつ》を投げて寄越《よこ》した。

「こんばんは」

声とともに扉が閉まった。同時にボタン類のランプを含む全ての灯《あか》りが消えて、代わりに非常用の照明が点《とも》る。

こんなタイミングで偶然にも停電や故障が発生したとは考えにくい。女の平然とした態度からしても、何らかの人為的な細工に違いなかった。

「この期に及んでひとりでウロつくなんて、随分無防備なのね」

取り澄ました口ぶりは、隠しきれないマウンティングの色合いを孕《はら》んでいた。

グレージュのレーシィなシフォンワンピースと、ハーフアップのあざといヘアアレンジ。手には小さな銀色のクラッチバッグ。黒いパンプスのヒールは、以前にバーで遭遇した女の靴と比べれば、多少走るくらいはできそうな高さに見える。

それらを目で一巡してから中野は訊《き》き返した。

「俺に話しかけてる？」

「ほかに誰がいるの？　とぼけても無駄よ、中野湊さん」

「それって俺のこと？」

「嫌ね。人違いだって言うなら、よろしければお名前を教えてもらえないかしら？」

「残念ながら俺は婚活パーティ向きじゃないし、個人情報を入手してもお役には立てないと思うよ」

「婚活パーティ……？　何のことだか知らないけど、ほしいのは個人情報じゃないの。あなた自身よ、中野さん」

「へぇ。で、それって俺のこと？」

中野が同じ問いを繰り返すと、彼女の顔面に薄いひび割れのような苛立《いらだ》ちが走った。

「ふざけてるの？　密室に二人きりで閉じ込められてるっていうのに、随分と余裕じゃない」

「別にふざけてなんかないよ。俺がナカノミナトかどうかはともかく、ほしいって言われても俺はもう、人のものだしね」

「それって、あなたの同伴者のことかしら？」

「同伴者って？」

とぼけてみせたけど、敵は早くも耐性ができてしまったようだ。小馬鹿にするような顔で腕組みした女は、やれやれと溜《た》め息《いき》を吐いて実際にこう口にした。

「お馬鹿さんね」

まるで、出来の悪い弟を温かく見守る姉みたいな声音で。

「自分はKのものだって言ってるの？　彼が本気で相手にしてるとでも思ってるわけ？　いくらあなたがノゥリでも――いいえ。ノゥリの分際で、それは自惚《うぬぼ》れ過ぎってものじゃない？」

「ノリィ？」

耳慣れない単語が神経に引っかかった。取り澄ました口ぶりの中でも、特に鼻につく発音だった。

首を傾ける中野を見て、女は冷たく整った顔面に憐《あわ》れみの色を刷《は》いた。

「どうやら、自分が何者なのかもわかってないようね」

「いや、俺は俺だってわかってるよ？　そっちこそ、やっぱり間違えてるんじゃないかなぁ。その、ノーリ？　って人と」

「間違ってないわ、ノゥリ」

「ノゥイ？」

真似てみるけど、語尾も「ｨ」やら「ﾚ」やら「ﾘ」やら、はっきりしない。目の前の女がゆるゆると首を振りながら、また溜め息を吐いた。

「半分はあっちの血が流れてるのにね」

「あっちって？」

「嫌だ……何てこと。まさか、それすら知らないの？」

「あのさ。血液で言語が操れるなら、そんなに便利なことはないと思うけどね。それより一体何なのか教える気がないなら、思わせぶりな情報をチラつかせるのはやめてくんないかな」

「だってあなた、自分のルーツも知らずに生きてきたっていうわけ？」

「それがどうかした？」

中野は即答した。

「系図が書かれた札を首から提げてなきゃメシも食えないような制度でもあれば、話は別だけどね。幸いそんな過酷な世界じゃないおかげで、知らなくたって無事に生きてこられたよ」

「だけど、これからも知らないまま生きていられるとは限らないんじゃないかしら。ねぇ、ノゥリ」

「ルーツよりもむしろ、その変な名前のほうが気になるね」

「ノゥリ？」

「そう、ノーリ」

「大人しく私と一緒にきてくれたら、何もかも教えてあげてもいいわ。中野湊さん」

「じゃあ教えてくれなくてもいいや。俺がナカノミナトだとは限らないし、残念ながら、このエレベータから五メートル以上離れたら当局に通知が飛んじゃうんだよ」

「それは残念ね、ノゥリ」

小首を傾《かし》げて軽く受け流した女は、クラッチバッグから取り出した拳銃《けんじゅう》をこちらに向けた。その小さなバッグは、小振りな銃のほかに何ひとつ入りそうにない。

是非、鉄砲一丁だけを忍ばせた手荷物でハイクラスの婚活イベントに乗り込んでほしいものだ——中野は思った。

「さぁ。おしゃべりはこれくらいにして、そろそろいきましょうか」

「いくってどこに？」

「ルーツには興味がないのに、行き先は知りたいの？」

「まぁ、俺の目は前にしか付いてないからね」

肩を竦《すく》めて答えると、数秒の空白があった。目が付いている方向、つまり進行方向しか見る気がないという意味が伝わらなかったのかもしれない。

いずれにせよ、女は聞こえなかったかのような澄まし顔でスルーした。

「行き先を知ったところでどうしようもないわよ、ノゥリ」

「いちいちその名前を繰り返すのはやめてくんないかな。ていうかエレベータが止まってんのに、どうすんの？」

「安心して、私が合図を送ればすぐに動くから」

そう言って、銃を持ったまま器用にバッグからスマホを取り出したところをみると、どうやら銃以外のものが入るスペースはあったらしい。

華やかなネイルを施した指で得意げに掲げた端末の画面には、メッセージツールが表示されていた。ソイツでどこかに連絡すれば、誰かがエレベータを再稼働させるというわけなんだろう。

「──だけど、その前に」

不意に女の声が不穏な艶《つや》を孕んだ。スマホとバッグがカーペットの床に放り出され、黒いパンプスがこちらに一歩近づく。

「密閉されたエレベータの空間って興奮しない？　ねぇ、ノゥリ」

「その名前が俺かどうかはともかく、箱が落下したらどうしようっていう危機感の話？」

「あら嫌だ。ますます、そうなる前に楽しまなきゃいけないわね」

声とともに片手が中野の腹に銃口を押しつけ、もう一方の手が躊躇《ためら》いもなく股間《こかん》に触れてきた。

「あなただって、これが人生最後のお楽しみだと思えば損はないはずよ？」

「うーん、それはどうかなぁ。とりあえず、そこは最後のお楽しみにしない？」

妖《あや》しい力加減で這《は》う五指は、やんわり押し退けると案外素直に離れていった。が、思い直したわけじゃなさそうだった。

「私はね、中野湊さん。男に銃を突きつけながら上に乗るのが最も興奮するの。だけどあなたは気に入ったから、特別に私の上に乗せてあげてもいいわ」

「いや……」

ご辞退申し上げる前に銃口が鳩尾《みぞおち》を圧迫し、さぁ脱いで——と期待に染まった声が胸もとから這い上がってくる。

「俺、脱がされるほうが好きなんだよね」

「気が合うわね、私も乱暴に剝《は》ぎ取るほうが好きよ？　でも、いまは片手が塞《ふさ》がってるから仕方がないわ。ついでにもうひとつ打ち明けると、私ね……終わった直後に男の額を撃ち抜くときが一番興奮するの。だけどあなたは生きたまま連れていかなきゃならないから、イッた途端に命を落とすデスゲームのスリルを味わってもらうことができなくて、本当に残念」

その瞬間のエクスタシィと、それを楽しめないフラストレーションが綯《な》い交《ま》ぜになった表情で、女は心底口惜しそうに溜め息を吐いた。

一体これまで何人の男が、イカレた倒錯的デスゲームで彼女を満足させ、、、たんだろうか？　中野は思ったが、口にしたのは別の質問だった。

「生きたまま連れてかなきゃいけないのは、どういう理由で？　いままで俺を殺しにきたヤツらと何か違うわけ？」

「あなたを殺そうとしたヤツら？　あぁ、それは別口よ。ソイツらは、ただあなたを消すだけの仕事。私の仕事はあなたを拉致《らち》して、け──」

言いかけたのは『K』だったんじゃないのか。根拠のない直感は、しかし確かめる術《すべ》を永遠に失うこととなる。

頭上から降ってきた物音に女のセリフが途切れ、二人は同時に顔を上げて沈黙した。蓋《ふた》が開いた天井の救出用ハッチ。四角く切り取られた暗がりから、見憶《みおぼ》えのある無表情が覗《のぞ》いていた。

が、中野たちが沈黙したのは、彼がそんなルートでアプローチしてきたことに度肝を抜かれたからじゃない。よっぽど急いでいたのか、袖《そで》を通して羽織っただけのバスローブの内側には布切れひとつなかったからだ。

にもかかわらず片膝《かたひざ》なんか立ててしゃがんでいるものだから、ローアングルから見上げる観客にしてみれば下手な成人向けのグラビアよりもアウトな構図だった。

「あら──K」

女の顔に広がった甘美の色は、男の額を撃ち抜く快感を語ったときとよく似ていた。きっと彼女は、人生最後の瞬間に最高の眺めを目にしたことだろう。

今回ばかりは組み敷いた男じゃなく自身の額に風穴を開けた女が、恍惚《こうこつ》の残滓《ざんし》を浮かべたまま崩れ落ちる。その光景を、中野はおぼえのある感覚とともに傍らで見守った。あれだ。出がけに見ていた海外ドラマの無意味なセックスシーン。あの辟易《へきえき》した気分と似ていた。

獲物に跨《また》がって死の恐怖を与えながら性交を強要し、クライマックスの直後に額を撃ち抜くことを至上の快楽とするようなドS女《ヘンタイ》が、よりによって坂上の剝《む》き出しの股間に見蕩《みと》れながら散っていく死に様なんて、テレビ画面の無駄な濡《ぬ》れ場以上に興醒《きょうざ》めな珍場面でしかなかった。

軽い身のこなしで天井から降りてきた同居人を、中野は改めて眺めた。

「あんた、その格好でここまでくる間に誰かに会ったりしなかった？」

「会ってねぇよ」

「でも前を閉めるくらい、大した手間じゃなくない？」

「いま、こだわることか？」

坂上は眉間《みけん》に皺《しわ》を刻みながらもバスローブの前を閉じて、床に落ちていたスマホを拾い上げた。女の手を取って指紋認証でロックを解除し、現れたメッセンジャの画面から何かのメッセージを送信した数秒後、唐突にエレベータが生き返った。

彼は一旦《いったん》扉をひらくと、開閉ボタンを押したまま中野に目を寄越《よこ》した。

「部屋に戻って、鍵《かぎ》を全部かけておけ」

「あんたは？」

「上にいってくる」

「上のどこに何の用？」

「後始末」

問いの後半にだけ短い答えが返り、ひとりで部屋に戻った中野は言われたとおりU字ロックまで施錠した。しかしドアの鍵をいくつかけようが、誰かがその気で襲撃してくれば屁《へ》でもないはずだ。同居人だって、中野が開けなくても勝手に入ってくるだろう。だからなのか、エレベータでの別れ際に銃も渡されていた。坂上の股間を眺めながらくたばった女の拳銃だった。

――けど、こんなもの渡されてもなぁ？

ミニバーのカウンタートップにゴトリと鉄砲を置いて、何気なく壁の鏡を見たとき、シャツの襟に小さな赤い染みを発見した。彼女の血が跳ねたらしい。

風呂《ふろ》に入ろう、と思った。どうせ坂上が戻るまですることもない。

部屋の照明を落とし、ベッド脇のスクリーンを上げてバスルームに入ると、室内越しに夜景が望めた。ただし見えるのは丸の内界隈《かいわい》の窓明かりばかりで、心が洗われる絶景というわけじゃない。

シャワーを使う間に湯張りして、バスタブに身体を沈める。坂上がどこで何をしているのか気にならないと言えば嘘になるけど、考えたところで仕方がない。代わりに、明朝の通勤ルートと起床時間を計算していたら、着替えの荷物に靴下を入れるのを忘れた気がしてきた。

風呂から上がったら真っ先に確認しよう――思った瞬間、声がした。

「銃を持ってろって言っただろ、なんで向こうに置きっぱなしなんだ」

振り向くとバスルームの入口に同居人が立っていた。部屋の奥の窓を眺めていたせいか、いつ戻ってきたのか全く気づかなかった。

「いや、濡らしちゃいけないかなって思って」

本当は、風呂に鉄砲を持ち込もうなんて考えもしなかった。

「上階《うえ》はどうだった？」

「解決した」

「じゃあ、のんきに風呂に入ってても平気ってこと？」

「あぁ」

坂上はバスローブを脱いで壁のタオルシェルフに放り、シャワーの栓を捻《ひね》った。

「さっきも風呂に入ってたのに、また洗うわけ？」

「ひと仕事したからな」

「何度も洗ってたら、必要な水分や油分が失われるよ」

反応はなく、無言で頭を洗いはじめた後ろ姿を中野はしばらく見守った。

やがて彼の作業が首から下に移った頃、密《ひそ》かな気がかりだったことを口にしてみた。

「そういえば、あのエレベータの防犯カメラのデータってどうなってたのかな」

「ヤツらに不都合なシステムは、防カメ含めて何もかも無効になるよう細工されてた。相当巧妙に、気づかれないようにな」

「ということは、廊下のカメラなんかも？」

「映ってなかった」

「そっか、良かった。あんたがエレベータにくるまでの破廉恥な露出っぷりが録画されて、たとえ一定期間でもデータとしてどこかに保管されるなんて、考えただけでもゾッとするからね」

同居人が無言の目を寄越した。その眼差《まなざ》しはこう言いたげだった。

一体、何を心配してたんだ――？

沈黙したまま全身を洗い終えた彼が、タオルシェルフのバスローブに手を伸ばすのを見て、中野はバスタブから声をかけた。

「こっちには入んないの？」

「野郎二人で入る風呂じゃねぇだろ」

確かに、大理石仕様のエレガントなバスルームは空間も浴槽も意外と広くはない。少なくとも、成人男性が二人以上で入ることは想定していない設計だった。

きっと、大人がひとりでゆったり寛ぐようにデザインされているんだろう。ラブホと混同されて風呂場《ふろば》で下世話な行為に及ばれないための、ラグジュアリィホテルとしてのプライドなのかもしれない。

勝手に納得している間に坂上は出ていき、中野はコンセプトどおりのバスタイムを堪能《たんのう》することにした。

ベッドルームに戻ったとき、同居人はテーブルの上でキャリーケースを開けて武器のチェック中だった。

バスローブは性懲りもなく羽織っただけで閉めもせず、髪はまだ濡れていて、足もとは裸足《はだし》のままカーペットの上に立っている。

「誘ってんの?」

「何言ってんだ?」

「スリッパくらい履きなよ」

「面倒くさい」

キャリーケースの脇にはボトルビールが置いてあった。冷蔵庫を開けると残りのビールは缶しかなく、うち一本を出して中野はカウチソファに陣取った。

「なぁ。差し支えなければ上の階で何やってきたのか、ちょっとくらい教えてくれたりしない?」

駄目もとで訊《き》いてみると、何の気まぐれか答えが返った。

「バッグに入ってたカードキーの部屋に女を運んだら、システムを弄《いじ》った協力者がいたから話を聞いて、掃除屋を呼んだ」

掃除屋ってのはもちろん、ホテルの清掃係のことじゃないだろう。今回も、武器商人のアンナが仲介したという特殊清掃業者だろうか。

「で、その協力者の掃除も頼んだわけ？」

「いや。腕が良すぎて生かされてた男だったから、残すことにした」

「というと、本来ならとっくに死んでたはずの被害者ってこと？」

「そうだ」

「残しといてどうするんだよ」

「しばらく考える」

「ソイツはいま、どうしてんの？」

「ルームサービスのメシでも食ってんじゃねぇか？　俺が部屋を出る前に、ステーキだのラーメンだのキャビアだのオーダーしてたから」

「ステーキとラーメンとキャビア？　どんな食い合わせ？」

「まだある。ラザニアとアボカドバーガーと親子丼もだ」

「これまで、エサも与えられずに鎖に繋《つな》がれてたわけ……？」

「別にそんな感じじゃなかったな。単に腹が減ったんじゃねぇか？　まぁ、なんか風変わりなヤツだったし」

「大食らいと風変わりが関係あるかはさておき、自由にさせてて大丈夫？　もとは被害者だったって言っても、あの女の手伝いをしてたんだよね」

「心配ねぇよ」

相変わらず根拠が不明な「心配ない」が返ってきたけど、もう追及はしない。運転席以外のシートに座っているとき、ドライバーに向かって四の五の言うべきじゃないのと同じことだ。

「わかった、あんたが大丈夫だって言うならいいよ。でも、男をレイプして撃つのが趣味らしいイカレた女がわざわざ生かしといたってことはさ。そのシステム屋って腕がいいだけじゃなくて、もしかして顔か身体か両方がハイスペだったりしない？」

「知らねぇし、だったら何なんだ？」

「別に何ってこともないけど、そんなヤツにあんたの周りをウロつかれたくないな」

「――――」

「ところで、ノーリって何？」

そう尋ねた途端、いつになく続いていた会話《ラリー》が途切れた。

坂上は数秒こちらを見返してから視線を落とし、手にしていた筒状のパーツをキャリーケースに戻して蓋《ふた》を閉じた。そしてポツリとこう呟《つぶや》いた。

「ノゥリは――ゼロだ」

発音はエレベータの女と同じくらい滑らかだった。

若干違う響きに聞こえたのは個人差なんだろう。彼のアクセントのほうが耳に心地好《よ》く感じられたのは、きっと欲目というだけじゃない。

「数字のゼロ？」

無言の頷《うなず》きが返る。

「どこの言葉？」

「ロシア語」

「へぇ……」

何故、自分にロシア語のニックネームなんかついているのか。ソイツは訊かなくても推測できた。エレベータの女はその名を口にしたとき、やたらとルーツのことを言っていた。

物心がついたとき、父親は既にいなかった。母親は何も語らないまま、中野が中一のときに行方をくらました二年後、海外から訃報《ふほう》が届いた。

母が姿を消したときに中野を引き取ってくれた叔父《おじ》も、こちらが訊かなかったからなのか、それとも詳しい事情を知らなかったのか、父について触れたことは一度もない。

「さっきの女が俺をそう呼んでたんだけど、なんでゼロなんだろう？　俺を無にしたいとでもいう意味なのかな」

「知らねぇし、そもそもあんた、何しにエレベータなんか乗ってたんだよ？　目の届くところにいてくれって言ったよな」

坂上は放るように言ってボトルビールを摑《つか》むと、窓辺に置きっぱなしだった椅子に座った。バスローブの前を搔《か》き合わせて脚を組み、ようやくベルトを締める。ただし、かなり雑な感じに。

「だって、あんたが風呂《ふろ》に入ってて暇だったしさ」

「部屋を出る必要はなくねぇか？　テレビでも見てりゃいいだろ」

「風呂に入る前もスコープにかかりっきりで俺なんかほったらかしだったのに、急にそんな、テレビやネット動画に子守させる親みたいなこと言い出すわけ？」

「――――」

「まぁでもそうだね、悪かったよ」

中野は素直に謝罪し、続けた。

「もしかして、俺も風呂にいくと思って待ってた？」

「待ってねぇよ」

「でも、くるんじゃないかって思ってた？」

「思ってない」

「ていうかさ。もう武器のチェックしないんなら、そんな離れたとこにいないでこっちにおいでよ」

にこやかに言ってソファの座面を手のひらで叩《たた》くと、彼は咄嗟《とっさ》の反応を決めかねるような表情で沈黙した。

カウチソファでひとしきり乱れた坂上は、既に事後とは思えない顔で窓辺に陣取って再びスコープを覗《のぞ》いていた。

別に、終わるなりベッドを降りる彼氏に不満を募らせる女子みたいなことを言うつもりはない。それでも、あまりにストイックな面構えで速やかに仕事なんかされると、さすがに何も感じないわけじゃなくて、そんな自分に中野は少しばかり戸惑いをおぼえた。同居人との日々は全く、新しい発見の連続で驚かされる。

坂上のバスローブは相変わらず開けっぱなしだけど、もう口出しはしない。何しろ、彼がやっと閉じたソイツを早々に剝《は》ぎ取ったのは、ほかでもない中野自身だ。

だからソファでビールを傾けながら、バスローブ以外の話題を口にした。

「なぁ、あんたさ、普段どれくらい俺のこと考えてる？」

尋ねると、坂上が接眼レンズに目を据えたままこう言った。

「どれくらいってのは、何のサイズなんだ？」

「何でもいいよ、質でも量でも。あと時間とか」

こんなくだらない質問、どうせ答えはないだろう。

ところが予想は裏切られ、無駄なワンクッションもタイムラグも挟むことなく、普段と同じ抑揚のなさで即答が返った。

「相対的に言えば、ほぼ全部ってことになる」

何の色も浮かばない横顔と無防備な素足を中野が無言で眺める間に、彼は淡々とこう続けた。

「前に、何もかもがあんたを中心に回ってるって言ったのを憶《おぼ》えてるか？　あれは、この馬鹿げた騒動のことだけじゃない。俺という人間のほぼ全てが、あんたのために回ってるって意味だ」

熱のない声音は、同時に一切の迷いもない。

なのに、まず訪れたのは何とも大人げない感情だった。セリフに反してチラリともこちらを見ない態度への、駄々っ子みたいな不満だ。

同居人のこととなると、どうにも自分は子どもじみてしまうらしい。中野は改めて自覚しながら、ついこんなことを口走った。

「でも少なくとも、いまは俺よりスコープに夢中だよね？」

これじゃまるで、好きな子に意地悪する小学生だ——胸の裡《うち》で苦笑していると、坂上が顔を上げてこちらを見た。

ぶつかった目がすぐに逸《そ》れていく。クソ、という呟きが漏れ、彼は俯《うつむ》き加減のまま、どこか忌々しげな風情で椅子を立って近づいてきた。

開けっぱなしだったバスローブを、手荒く床に落としながら。

第二章（上）

1

もう日付が変わろうっていう時間に、一体何をやっているんだか。

中野はケチャップとウスターソースと粒マスタードを和《あ》える手を止めて、やれやれと息を吐いた。

今夜の終業後はさんざんだった。

残業を片づけて帰ろうとした矢先、廊下で上司に出くわしてゴリ押しで酒に誘われ、半ば泣き落とされる形で仕方なくつき合うことにしたら強引にタクシーに押し込まれ、愛人の店だという新橋《しんばし》のスナックに連れていかれた。

それでも確かに入店前、ただ座っていてくれればいいから――という言葉に百万歩譲歩したのは中野自身だ。

が、先週終わったはずのハロウィンと若干気が早いクリスマス、両者がせめぎ合う装飾に囲まれて知らないオッサンのド演歌を聴かされ、アラフィフの上司とアラフォーの愛人のイチャつきっぷりを見物させられながら、隣についた女の薄っぺらいトークにつき合わされて、寛容でいられたのはそう長い時間じゃなかった。

今後は客だけじゃなく上役であっても、何と言われようが業務外の誘いは断固ご辞退申し上げなければならない。

で、危うく隣の女と昭和歌謡をデュエットさせられそうになり、全力で振り切って逃げ出したのが二十二時。

スナックで出された乾き物しか食っていないから腹が減っていて、地元に帰り着くとチェーン店の弁当屋まで足を延ばして弁当を買った。

閉店間際の店内で棚に並んでいた売れ残り品のうち、一番初めに目に入ったチキン南蛮をひとつだけ。同居人は二日前から行方知れずで、中野の山勘では今夜はまだ戻らない予想だった。

メシを買ったところで、ようやく苦行から解放された実感が込み上げてきた。あとは帰宅してアルコールのお供に弁当をつまみ、風呂に入って寝るだけだ。――そう安堵《あんど》しながら地下室に入ると、腹ぺこの坂上がビールだけ流し込みながら中野の帰りを待っていた。

時刻は二十三時すぎ、まだ週の真ん中の水曜日。が、だからって、空《す》きっ腹の同居人を前にしてメシを食わせないという選択肢はなかった。

しかし中野自身も空腹で、弁当はひとつしかない。オムライスを作ろうにも卵が一個しかない。ストックがないことに気づいてはいたけど、しばらく帰ってこないと思い込んで油断していた。

ただ幸い挽肉《ひきにく》があった。玉ねぎもある。オムライスは無理でもハンバーグなら作れる。念のために、チェーン店のチキン南蛮弁当と中野お手製ハンバーグのどちらがいいかを確認すると、思案する素振《そぶ》りもなくハンバーグと即答が返った。

そのくせ坂上ときたら、テレビを眺めながらボトルを傾けつつ物欲しげな目つきで弁当をチラ見するものだから、ビールのアテに少しつまんでていいよと言っておいたら、ハンバーグが出来上がる頃には白米だけ残して綺麗《きれい》さっぱり食い尽くしていた。

中野は皿を手にテーブルの脇に立ち、笑顔を作った。

「自分はハンバーグを食べるから弁当は俺の分だ、とは考えなかったのかな？」

「忘れてた」

「なんでごはんだけ残してんの？」

「ハンバーグに取っとこうと思って」

やれやれ、とハンバーグの皿を目の前に置いてやる。

「まぁいいよ、コイツをもう一個焼くから。ていうか米なら、昨日炊いたやつを冷凍してあるのに」

聞いているのかいないのか、坂上はマスタードソースの匂いをこっそり嗅《か》いでチラリと中野を見上げ、食っていい？——とでも問いたげな色を顔面に刷《は》いて、再び皿に目を落とした。

その真剣な風情に思わず笑いが漏れた。

「冷めないうちに食べなよ」

頰を弛《ゆる》めつつ言った途端、彼はＯＫコマンドを出された犬みたいな素早さでハンバーグに箸《はし》を入れた。

「ごはんは足りる？」

尋ねると、無言で首を横に振って返された。

中野は二人分の冷凍ごはんを温める間に、冷蔵庫からボトルビールを出して開栓した。スナックで得体の知れない焼酎《しょうちゅう》の水割りを飲まされたせいか、シンプルな麦酒《ばくしゅ》の味は旨《うま》いかどうかよりも妙な安心感が先に立った。

やがて、ごはんのレンチンが完了してようやくメシにありつく頃には、坂上のハンバーグは残り三分の一になっていた。弁当の白米は既にひと粒もない。

全く、キャラに似合わず食い意地が張っているくせに、作ってやらないと何も食わずにいたりするのはどういうわけなんだろう？

追加のごはんを同居人のそばに置いて、対岸の椅子に着きながら中野は言った。

「俺と同居するまで、一体何食って生きてたんだ？　いつでも誰かが何か食わせてくれるわけじゃないだろ？」

「別に、適当にどうとでもなる」

「まさか、コンビニ裏のゴミ箱から期限切れの廃棄弁当を拾ったりしてないよね？」

「あんたは俺を何だと思ってんだ？」

坂上が放るように言ってビールをひと口呷《あお》った。今夜のボトルは、見慣れない黒っぽいラベルの銘柄だ。が、疲労とアルコールを帯びて帰った深夜のアラフォーは、仄暗《ほのぐら》い灯《あか》りの下で目を懲らして名前を読み取る気も起きない。

とにかく何であれ、見たことのないビールがあるってことは、また情報屋と一緒だったんだろう。

「酒屋の彼はメシを作ってくれたりしないわけ？」

「たまにある」

「へぇ、旨い？」

「食えなくはない」

「どんなもの作ってくれんの？」

「急に言われても思い出せねぇよ。なんでいちいち冨賀を持ち出すんだ？」

「まぁ何となく気になるから？　でも大丈夫だよ。俺がどう思っていようが、あんたは情報屋を切るわけにはいかないって、ちゃんとわかってるよ」

「そこは別に、代わりがいないこともない。情報屋とシステム屋をまとめて任せてもいいぐらいのスキルがあるヤツを、ついこないだ捕まえたしな」

ソイツはおそらく、ホテルのエレベータで遭遇した女に飼い殺されていたという男だろう。小耳に挟んだところによると、前職は外資系大手IT企業のSEで、国際的な産業スパイの事件絡みで消されたことになっている人物らしい。

ただ、いまはメンタルが不安定で即戦力にはならない。そう前置きしてから坂上はこう続けた。

「けど、それ以前に、冨賀を切るとなれば始末しなきゃいけなくなる。アイツは苛《いら》つくところも多いけど悪人じゃない」

本気で言っているのか測りかねる面構えを数秒眺めて、中野は口をひらいた。

「始末しなきゃいけないのは、知りすぎてるから？」

「そうだ」

「一応言っとくけど俺だって、この世から退場してほしいほど彼を嫌いなわけじゃないよ。だから、そんな理由で消しちゃうのは賛成しないし、ホテルで拾った犬にすげ替えても、それはそれで何だか嫌だね」

「どうすりゃ文句ねぇんだ？」

「あんたが仕事を辞めて家庭に入ってくれたらかな」

軽口を投げると、坂上は黙々と箸を動かしはじめた。皿に目を落とした無表情は、馬鹿馬鹿しくて答える気もないって感じの面構えに見えた。

が、それから箸が三往復したところで、そうじゃなかったことが判明する。

「――でも俺はメシも作れねぇし、掃除も洗濯も向いてないから」

ボソボソと漏らした彼は、この話は終わりとばかりにテレビのリモコンを引き寄せて電源をオンにした。途中から視聴を再開した動画配信サービスの海外ドラマは、銃撃戦の真っ最中だった。

2

翌日、退社する寸前に同居人から着電があった。

「これから出かけるけど、今夜中には帰る」

「わかった、くれぐれも無茶しないように気をつけて。三十六計逃げるに如《し》かずだよ」

「三十六計は使わない」

「じゃあ、何計なら使うわけ？」

「八か九だな」

「十じゃなくて？」

中野が適当に返すと、心なしか電話越しの声が探るような色を帯びた。

「十計が何かわかってて言ってんのか？」

「実は知らない、八も九もね。それはそうと、出かけるっていうくらいの用事ならメッセンジャでいいよ？」

「あぁ」

「もちろん、声が聞きたいなら用事がなくても電話くれていいけど」

以前にも似た会話をしたかもしれないな、と思いながら言い終わらないうちに、もう通話は切れていた。

帰りの電車内で兵法三十六計を確認したところ、第八計は偽装工作と奇襲のセット、第九計は敵の自滅を傍観するスタンスのようだった。ちなみに第十計は保険金殺人を企《たくら》むカネ目当ての後妻みたいなイメージを抱いたけど、あくまで個人的な解釈だ。

地元に着くと、まずスーパーに立ち寄った。同居人が外出中ならいそいそと直帰する理由がない一方、帰ってくるなら食うものを準備しておく必要がある。

――が。

片手にカゴを提げて通路を歩きながら、中野は斜め後ろの同僚をチラ見した。まるで保護者みたいについてくる新井はガードとしての任務中で、仕事帰りに遊びにきたわけじゃない。

ただし、帰宅した時点で家が無人なら、同居人が帰ってくるまで滞在するつもりらしい。その場合に備えて、暇潰《ひまつぶ》しの映画鑑賞用にポップコーンでも買うべきだろうか？

「今夜、結局彼が帰ってこなかったらどうすんの？」

「泊まるよ」

訊《き》くまでもないと言わんばかりの即答が返る。

「うちの寝床って、地下と二階にベッドがひとつずつしかないんだよな」

「俺は床でも全然構わない」

「どこの床？」

「お前が住んでる地下室に決まってるだろ？」

「仕事熱心で何よりだけど、床に人体が転がってたら気になって寝られないよ」

「じゃあ、ダイニングテーブルの椅子でもいい。とにかく、お前が寝不足になろうと俺は俺の仕事をする」

草食系のソフトな外観に反して、同僚の職務態度はどこまでもハードだ。

「でも普段だって別に、四六時中一緒にいるわけじゃないのにさ。新井がいない間は警戒すべき相手も休憩してくれてんの？」

「そのために落合さんがいるし、ほかにもカバー要員がいる。それに……これは本来、俺の立場で言うべきじゃないけど、お前の同居人の存在も大きい」

「うちの同居人を認めてくれて嬉《うれ》しいよ。けど、彼が家にいないからってスーパーとか家までついてくるのは過保護すぎない？」

「事態が一段と緊迫してきたって、朝から言ってるだろ？　これまでとは違うんだ。今後は絶対にひとりにしないよう、上からも指示されてる」

そう。彼の言葉どおり、今日は朝から様子が違っていた。

まず出勤時、家を出ていくらもいかないうちに、気づけば背後に新井がいた。これまでもストーカーのようにどこからともなく監視されてはいたらしいけど、憚《はばか》ることなく姿を現したのは今朝が初めてだった。

そして会社に着くと、畑違いのオペレーションチームにいたはずのヒカルが、研修とかいう謎の名目で中野と行動をともにすることになっていた。

おかげで、口をひらけば憎まれ口しか出てこない元カノに一日中つきまとわれるだけじゃなく、男子トイレにまで入ってこようとするのをいちいち止めなきゃならない始末だ。が、幸い、彼女は終業時刻を迎えると同時に、私用の予定があるからと言って速やかに姿を消してくれた。

しかし、ようやく平穏が訪れたのも束の間、中野の残業が終わるのを待っていた新井に再び張りつかれての退勤となり、いまに至る。

「――けど、いろいろ言われても、相変わらず誰も事情を教えてくれないから俺にはサッパリだし。その緊迫してる事態ってのは、収拾する日は訪れんの？」

「結果がどう転ぶにせよ、終わる日がくることは間違いないな」

「よくある海ドラの無責任なセリフみたいに、自分たちが絶対に護《まも》るから心配ない、とか軽々しく言わないんだね」

「果たせない可能性がゼロじゃない約束はしないことにしてる」

「そのポリシーには賛同するよ。でも冗談じゃなく最近、新井たちがどんなに頑張っても俺が何も知らないままで乗り切れんのかなっていう、若干の疑問を感じつつもあるんだよね。ちょっと自分が気をつけていれば回避できることでも、何も知らなきゃ注意のしようがないしさ」

十個パックの卵を矯《た》めつ眇《すが》めつしながら気のない声でボヤくと、返ってきたのは意外にも否定じゃなかった。

「そうだな」

「あれ、新井もそう思う？」

「前にも言ったとおり、俺や落合さんは契約上の都合で内容を明かせない。でも、お前の同居人は事情を話してもいいと思うんだよな……だからイレギュラーではあるけど、その件について話し合えるよう、なる早で調整してみようかと考えてる」

「話し合うって、彼と新井たちで？」

「そう、中野抜きで」

紙製パックの高級卵を手に取って眺めていた新井は、中野が庶民向けの十個パックをカゴに入れるのを見てソイツを棚に戻した。

買い物を終えて外に出たとき、中野はうっかり自宅と逆の方向へ歩きかけた。以前のアパートがそちら側だったから、長年の習慣でつい間違えてしまった。

いまの棲処《すみか》は山手通りを挟んだ西側で、そちらのエリアにもスーパーはある。ただ、いずれにせよ帰宅ルートから外れているというのもあり、結局は使い慣れた店のほうへ足を延ばしてくることが多かった。

とにかく、間違いにはすぐ気づいた。そこで方向転換しようと振り返ったら、後ろにいた同僚がこちら向きのまま、じっとどこかを見つめていた。

中野も視線を追い、その先にあるものに気づいた。

スーパーの駐車場の出入口で談笑する二人の男。ひとりは搬入業者らしき服装の人物で、もうひとりは黒いTシャツにデニム、いかにも酒屋という風情の帆前掛け。歩道を挟んだ路肩には平ボディのトラックが停まっていて、後面のあおりに『冨賀屋酒店』の屋号がペイントされている。

路肩から男たちへ目を戻すと同時に、トラックの持ち主の目とぶつかった。

ネコ科の肉食獣っぽい面構えから表情が消えて、ほんの一、二秒。敵は一緒にいた男に手を挙げると、その場を離れてブラブラと近づいてきた。歩きながら、手にした箱から煙草を抜いて咥《くわ》える。

新井がさりげなく動いて中野の斜め前に出た。あの男のほうを見ていたのが偶然じゃなければ、同僚も情報屋を知っていたってことなんだろう。

やがて、抑えた声でも十分聞こえる距離で酒屋が足を止めた。フィルタを挟んだ唇が皮肉げな形に歪《ゆが》む。煙草の穂先に火は点《つ》いていない。

「新しい彼氏とお買い物か？　お似合いじゃねぇか」

「そりゃどうも」

「ほんとつまんねぇよな、あんたの反応」

男は咥えていた煙草をつまみ取り、指先で弄《もてあそ》んだ。

「知ってるよ、ガードだろ」

「そっちは、またどうして山手《やまのて》線の外側に？　わざわざ井戸の中から泳ぎ出てくるようなところじゃないんだけどな」

冨賀屋酒店がある目白台は山手線の内側に位置する。レールでぐるりと囲まれたエリアを『井の中』に掛けたわけだけど、大海を知らない蛙に喩《たと》えられたとわかったのかどうか、酒屋は鼻先で一笑しただけだった。

その直後、誰かのスマホに着電した。

全員が静止して目を交わした一拍ののち、尻《しり》ポケットから端末を引っ張り出したのは冨賀だった。

よし、これを機に立ち去ろう。そう思ったのも束の間、画面に落とした目をチラリと寄越《よこ》した男が、よぅK――と応答するのを聞いて、Uターンするわけにはいかなくなってしまった。

「あぁ？　いいけど……いや、そんな早くはいけねぇよ、いまお前んとこの地元だから……そうじゃねぇ、本業の野暮用の途中でちょっと寄り道をな。だからとにかく、いくのは構わねぇけどトラックじゃ駄目なんだろ？　一旦《いったん》戻ってバンに乗り換えるから最短でも三十分は――あ、うん？　って、おい、急ぐのはそんな理由かよ⁉」

語気を荒らげた冨賀は何故か忌々しげに中野を一瞥《いちべつ》し、舌打ちして通話を切った。

「何だか知らねぇが、厄介な荷物があるから拾いにこいだとよ」

それを聞いて新井もこちらを見た。

「今夜は帰ってくるんじゃなかったのか？」

まぁ、予定は未定ってことかな——と溜《た》め息《いき》混じりに答えるより早く、クソ面白くもなさそうな情報屋の声が三人の真ん中に投げ落とされていた。

「そうだよ。今夜中に帰るってコイツに言っちまってるから、早く済ませるためにさっさとこいだとさ。全く、人を何だと思ってんだか」

吐き捨てた男の顔面から新井へと目を移した中野は、再び冨賀に目を戻してこう提案した。

「じゃあ、俺たちも一緒にいくよ」

言うなり二人が同時に反応した。

「え？」

「は？」

前者が新井、後者が冨賀だ。

「だって、そのほうが合理的だしね」

「何がどう合理的なんだよ？」

と、情報屋。

「だからさ。帰るって約束したから、なんて理由で急《せ》かされてるんだったら、俺を連れてけば急ぐ必要はなくなるだろ？　そんなこといちいち説明しなくても自分で考えてくんないかな」

「——」

何か言いかけてやめたらしい男が、憤懣《ふんまん》を噛《か》み砕いて無理やり呑《の》み下したような顔を新井に向けた。

「あんた、こんなヤツ護ってんの嫌になったりしねぇの？」

「たまになるけど仕方ない」

「そうかよ。まぁ、あんたは仕事だからな」

「仕事に不満はないよ。こんなヤツでも護りたいって思う自分が時々嫌になるだけだ」

ガードのセリフに、冨賀が片眉《かたまゆ》を上げて目を寄越した。

「もっかい言うけど、お似合いだぜ？　いやマジで」

中野は揶揄《やゆ》を受け流して、同僚に愁眉《しゅうび》を向けた。

「この彼が誰だかわかってる？」

「Kの情報屋だろ？　それが何なんだ」

「肚《はら》の裡《うち》なんか吐露したら、何に使われるかわかったもんじゃないよ」

「例えば何に使うんだ？」

「わかんないけど、新井がどっかから狙われる立場になったときにさ。その情報が売買されて俺が囮《おとり》として捕まったりとか？」

「テメェの心配かよ」

冨賀の呆《あき》れ声に中野は肩を竦《すく》めてみせた。

「俺は平和ボケした一般市民だから、咄嗟《とっさ》に悪巧みが思いつかなくてね」

「ちゃんと助けにいくから心配いらない」

これは新井。

「安心しろ、そんなものは商売に使わねぇ」

情報屋が白けた声を投げ出した。

「情熱がちっとも伝わらねぇ相手に苛立《いらだ》つ気持ちなら、痛いほどわかるからな。それよりいくのか、どうすんだ。俺はもう出るぜ」

新井は気乗りしない様子だったけど、一分後には煙草の臭いが染みついたベンチシートに三人の男が並んでいた。


中野坂上を発《た》って間もなく、無難な配置で中央に座った新井が疑問を口にした。

「厄介な荷物っていうのは、俺たちが同席しても構わないようなものなのか?」

「さぁな。無機物か有機物か、生きてるのか死んでるのかも聞いてねぇよ」

ステアリングを片手で操りながら冨賀が答え、続けた。

「まぁ、死体だったら掃除屋を呼ぶはずだから、無機物か生体のどっちかだろうな」

相変わらず煙草を咥えてはいるけど、穂先は未《いま》だに点《とも》っていない。出発前、運転席に座るなり火を点けようとした冨賀のライターを、新井が素早く掻《か》っ攫《さら》ったからだ。

アグレッシヴな動きとは不釣り合いな草食系の同僚は、面喰《めんく》らったように見返す肉食系の運転手に向かって柔和な声音でこう言った。

「車内の煙草臭さだけで十分だ」

「人のクルマに乗り込んできといて随分じゃねぇか」

舌打ちしつつも、冨賀はそのままサイドブレーキを解除してクルマを発進させた。初めに向かった目白台の酒屋までは、渋滞に引っかかることもなく十五分程度の道のりだった。

到着すると、冨賀が酒屋のユニフォームから私服に着替え、中野はスーパーで買った荷物を店の冷蔵庫に預けた。ちゃんと引き取って帰れるとは限らないけど、生ものも入っているから持ち歩くよりマシだろう。

男たちは前部のガラス以外が全て黒い大型の商用バンに乗り換えて、目的地だという早稲田《わせだ》のホテルに向かった。

地下駐車場にクルマを停めたあと、冨賀がひとりでフロントデスクに立ち寄った。クリスマスシーズンにはやや早い平日の夜、繁華街とは無縁な立地のせいもあってか客の姿は疎《まば》らで、閑散としている。

中野と新井は、エレベータに近い中華料理レストランの前で入店を相談する二人連れを演じた。これが私服だったら同性カップルに間違われかねないけど、幸いどちらもビジネスバッグとコートを手にしたスーツ姿だ。上京してきた出張リーマンのコンビだとでも思ってもらえるだろう。

しばらく待つと、冨賀が何食わぬ風情でやってきた。こちらには目もくれずエレベータに近づいた男の背後に、さりげなく中野たちも陣取った。

果たして、訪れた九階の部屋は無駄に広く、先日のホテルとは異なる趣の優美な空間だった。

ドアを開けると、まずヨーロピアンクラシカルなリビングルームがお目見えした。

右手の壁際の二人掛けソファに知らない男がダラけた体勢で沈み、ガラストップのセンターテーブルを挟んだ左手のひとり掛けソファに同居人が座っていた。彼の背後にある観音開きの扉は開きっぱなしで、奥の部屋にベッドが二台並んでいるのが見える。

坂上は現れた三人を目で一巡したあと、中野に向かって口をひらいた。

「なんであんたがいるんだ？　しかも子守まで連れて」

「いろいろあってね」

ふと気づけば、彼の対岸のソファで雪崩れている男も、気怠《けだる》げな視線をじっと中野に据えていた。

酒屋と同年代くらいに見える人物は、肌の色も酒屋と同じく浅黒い。ただし、こちらは日焼けの賜物じゃなくて生まれもった色合いのようだ。エキゾチックな香りが漂う面構えは、中野とは異なるエリアにルーツを持つ遺伝子が窺《うかが》えた。

漆黒の髪は少なくともヒカルより長く、それがまた厭味《いやみ》なほど似合っているとくる。

さらに、シンプルなオフホワイトのカットソーとスキニーデニム越しに酒屋よりも筋肉質な気配が感じられ、いまは姿勢が悪すぎて判然としないものの、立てば長身の中野と同じくらいの高さになりそうだった。

が——そんな、グローバルなファッションモデルも十二分に務まりそうな外観にもかかわらず、腐臭のように漂う頽廃《たいはい》が神経に障る男だった。それに、やたらと中野を凝視してくる纏《まと》わりつくような目は何なんだろう？

坂上が溜め息を吐いて淡々と告げた。

「こないだ拾ったシステム屋だ。追われてるらしいから、しばらく隠すことにする」

「あのホテルの？」

中野は改めてソファの人物を眺めた。

なるほど、この容姿で飛び抜けた腕の持ち主となれば、男を脅しながら犯して始末する快楽に取り憑《つ》かれた女が、柄にもなく惜しんで飼い殺していたというのも頷《うなず》ける。

「ちょっと待った、何の話だ？」

寝耳に水だったらしく、冨賀が声を挟んだ。その隣で、新井も初耳だと言いたげな顔を中野に寄越《よこ》した。

坂上が先日のホテルでの経緯と男の身上を簡潔に説明すると、情報屋の顔面がますます険を孕《はら》んだ。

「システム屋って何だよ、クリスを切るつもりか？」

「まさか。いざってときには使うけど、あくまでスペアに過ぎない。必要になるまで泳がせてやってたら危ない目に遭ったらしくて、助けを求めてきたってだけだ」

「だけとかいう話じゃねぇだろ、なんで助けを求める先がお前なんだよ」

「俺が拾ったからじゃねぇか？」

「犬猫か？　いやこんな厄介なモン、犬猫のほうが遙《はる》かにマシだぜ」

まるで当人がこの場にいないかのような会話が続くけど、男は気にする様子もない。

同居人と情報屋のやり取りに『警備会社』の現場要員《エージェント》が割り込んだ。

「そもそも、そんなヤツ泳がせてて大丈夫なのか？　どっかに鎖で繋《つな》いでおけよ」

険のある口ぶりに、坂上が熱のない目と声を投げ返した。

「ソイツを飼ってた女のスマホから、コントロールするための切り札《カード》をいただいた。それを握ってる限り妙な真似をすることはないはずだ」

「はずって何だ？」

新井が眉を寄せる。

「何を根拠にそこまで信用できるんだ？　どんなカードだか知らないけど、本当はそんなもの屁《へ》でもないかもしれないよな」

すると、冨賀がパチンと指を鳴らして声を弾ませた。

「よし。じゃあ試しに、そのカードとやらを切ってみねぇか？」

その途端、他人事《ひとごと》みたいにソファでだらけていた男が、それだけはやめてくれ！　と、ナリに似合わぬ狼狽《ろうばい》っぷりで跳ね起きた。あまりの勢いに、提案した情報屋が目を剝《む》いたほどだ。

一体どんな切り札を握られていたら、そこまでパニクるのか想像もつかないけど、もしもそれが芝居だとしたらエミー賞くらいもらえそうな迫真の演技だった。

「別に信用してくれなくたっていい！　だけど俺なんかいじめなくても、みんな揃ってハッピーになれる鍵《かぎ》がそこにあるじゃないか……！」

声とともに、男は中野めがけて力強く人差し指を突きつけてきた。同時に、ほかの三人の視線も集まってくる。

口をひらきかけた新井に向かって、野良犬がさらに言い募った。

「あんた、ノゥリを護《まも》ってるエージェントだよな？　あんたんとこだって報酬のためにソイツが一年、生き延びんのを待ってんだろ？　けど、クソ真面目にその日がくるのを待たなくたって、三日前のアレで倍額になった賞金を狙うほうが手軽だと思わないか？」

「うちは賞金稼ぎの組織じゃない」

新井の声が初めて聞くような怒気を孕んだ。しかし中野にはさっぱり話が見えない。

お堅いエージェントに突っぱねられたエキゾチックなシステム屋が、小さく舌打ちして鼻で嗤《わら》った。

「これだから社畜は全く、一生かかったって遣い切れないほどの金蔓《かねづる》が目の前にいるってのにな。でもK、トップバッターでノゥリ抹殺に乗り込んだあんたは別だろ？　組織を裏切ってソイツを護ってるフリなんかしてんのは、賞金が跳ね上がるか、一年目が過ぎてボーナス込みの大金が転がり込んでくるか、どっちか狙ってんだよな？」

あまりにもするりと剝き出しになったものだから、うっかり聞き流すところだった。

二秒後に脳内へ引き戻した男のセリフを一度だけ再生してから、中野はゆっくりと同居人に目を遣《や》った。

いつもと同じ起伏のない顔は、瞬《まばた》きもなく殺し屋の元飼い犬を見返していた。

動いたのは冨賀だった。

「テメェ……！」

怒号とともにカーペットを蹴《け》った次の瞬間、情報屋は男もろとも二人掛けソファの向こうに突っ込んでいた。

壁際のサイドテーブルが横倒しになり、ガラストップが滑り落ちて砕け、載っていたスタンドライトが弾《はじ》き飛ばされて、弾みで外れたシェードが所在なく転がっていく。

カーペットに散ったガラスの破片の上で情報屋が男に馬乗りになり、胸倉を摑《つか》んで横っ面に拳《こぶし》を叩《たた》き込み、脇目も振らずに連打を浴びせはじめる。

「何もかも台無しにしやがって、何様だこのクソ野郎！」

彼は何をそんなに怒っているのか。それに、あのシステム屋。あんなにいい身体をしているくせに、何故ちっとも反撃しないんだろう？

喧嘩《けんか》というのは結局、フィジカルよりバイタルがものを言う。しかし、その手の感覚に馴染《なじ》みがない中野にはそれがピンとこない。

黒豹のような男の爆発的な暴力を、アクションドラマの乱闘シーンでも観ているかのように眺める間、当事者以外の三人は一切口をひらかず、動かなかった。

やがて、モデルばりのイケメンが見る影もないほど鼻血塗《まみ》れになった頃、冨賀が肩で息を吐いて殺伐とした声を漏らした。

「なぁK、ぶっ殺してもいいかコイツ――？」

坂上はすぐに反応せず、代わりに新井が口を挟んだ。

「ひとつ訊《き》くけど、あんたはどんな理由で怒ってんだ？」

「あぁ……？」

問われた情報屋が物騒な面構えのまま睨《にら》み上げる。その目を受けとめたエージェントが、対照的に落ち着き払った手つきで腰の後ろから拳銃《けんじゅう》を抜いた。

「台無しにされたってのはソイツが言うような一年計画で、あんたも一枚噛《か》んでるのか？」

「馬鹿言うんじゃねぇ、こんなゴミ野郎と一緒にすんな」

「じゃあ退《ど》いててくれ、その男は俺が始末する」

やり取りを聞いて中野は割り込んだ。

「ちょっと待った。始末すんのは、俺が事態を理解したあとにしてくれないかな」

己の悪事によって命を狙われ、殺し屋に飼われて手を貸していた男の生死なんか、正直どうでも良かった。

ただ、周りにいる面々とは異なる立ち位置にいたのなら、ほかの顔ぶれが知らない情報を握っている可能性もあるんじゃないのか。彼らを止めたのは、そんなふうに計算したからだ。

一方で、中野の脳味噌《のうみそ》の一部は酒屋の冷蔵庫に預けた荷物のことを考えていた。今夜作るはずだったオムライスは、デミグラスソースとチーズソースのどちらにするかを決めかねていた。それを坂上に選ばせる予定だったのに、ひょっとしたら訊かずじまいになるかもしれない。

ついさっきまで当たり前だったものが突然遠退いた、奇妙な感覚。

何をどう感じるべきかもわからないまま、中野は沈黙を貫く同居人を見た。

どんな色合いも窺《うかが》えない横顔に、ふと、バーで隣に滑り込んできた一見《いちげん》客の記憶が重なった。

「あぁ——あのとき、あんた俺を殺しにきたのか」

呟《つぶや》きに反応する者はいなかった。

正確には、ほんの少し身動《みじろ》いだ冨賀に新井が牽制《けんせい》するような目を向け、そして全員が無言だった。唯一お構いなしに喋《しゃべ》りそうな男は、いまは血だらけで床に伸びている。

考えてみれば不思議なことじゃなかった。武器を使って大金を得るのが、どうやら坂上の生業《なりわい》だ。

仕事で中野を殺《や》りにきて、土壇場で『一年計画』とやらを思いつき、金のなる木を見張るために転がり込んできた——そう聞かされても矛盾は感じない。

彼はこれまで、行方をくらまして戻るたびに大金を寄越《よこ》した。それを思うとカネ目当てってのも少々腑《ふ》に落ちないけど、男の言う、一生かかっても遣い切れないほどの金額が絡めば別なのかもしれない。だとしたら、大袈裟《おおげさ》すぎる手段で中野を匿《かくま》ってきたことにも説明がつく。

ふと、退社間際の電話のやり取りが脳裏を過《よぎ》った。

兵法の第十計、笑裏蔵刀《しょうりぞうとう》。利益のために友好関係を築く謀略だ。だから中野が「十じゃなくて？」と言ったとき、意味がわかっているのかと探るような声音で訊き返したんだろうか。

つまり何度も身体を重ねたのも、初めから抵抗もなく抱かれたのも、ひょっとしてそのためだったのか……？

不意に笑いたくなった。

別に、茶番に自嘲《じちょう》をおぼえたとかいうネガティヴな衝動じゃない。小生意気なエージェント女子のハニートラップ研修は失敗だったのに、愛嬌《あいきょう》もなくメシの礼すら言わないアラサー男子に見事に引っかかったのか。そう考えたら、何だかおかしかっただけだ。

だけど実際に笑ったりはせず、中野は何気ない足取りで一歩踏み出した。

ひとり掛けソファの横に立つと、坂上の頬が僅《わず》かにこちらを向いた。視線はアームレストに置いた自分の拳へと落ちている。肩に触れた手のひらから、微《かす》かに強張《こわば》る気配が伝わってきた。

「少し、あっちで話さない？」

普段どおりの口ぶりで声をかけた一拍ののち、中野の手を払うような勢いで坂上が立ち上がった。相変わらずこちらを見ることもなく、先に隣のベッドルームへ入っていく。

中野は、並んで立つ情報屋と同僚に顔を向けた。

「しばらく二人にしてもらうよ」

その言葉に新井が頷《うなず》き、どこまでも坂上本位な冨賀が、Kを傷つけんじゃねぇぞ――

と威嚇を寄越した。

幕間

暑い夏の日だった。

だけど、あの頃の暑さというのは、いまとはまるで性質が違っていた気がする。近ごろの容赦のなさと比べたら、陽射しはもっとずっと穏やかだった。

冬には五歳になるというその年、自分が近所の子どもたちのように幼稚園や保育園に通っていなかった理由はわからない。でも、思い返せば何故だろうと感じるくらいで、当時は疑問をおぼえることもなかった。

唯一の家族である父親は、何の仕事をしていたのか大抵は家にいて、時折ひとりでいなくなることがあった。そんなときは決まって隣の家に預けられた。小さな庭のある、小ぢんまりとした二階建ての一軒家だった。

赤い屋根、白い壁、芝生の緑に躍る木漏れ日。いつも面倒を見てくれた、綺麗《きれい》で明るいお母さん。普段は優しい一方、必要とあらば本気で叱る人だった。

こちらとは逆に母子家庭の隣家には、息子がひとりいた。年の頃は小学校高学年から中学生くらい。滅多に姿を見かけることのない少年は、幼児の目には随分と『お兄さん』に映ったものだ。

――が。朝から隣に預けられていた、その日。

まだ午前中のうちに『お母さん』は急用ができたとかで、珍しく家にいた息子に留守を任せて出かけてしまった。しかし幼児に興味がなさそうな思春期のひとりっ子は、部屋にこもりっきりで相手をしてくれるでもない。昼には帰ると言ったお母さんも、なかなか戻らない。

だんだん腹が減ってきたけど食べるものもなく、することもないから庭に出た。

草の間や石の陰に潜む虫を探しては観察して回る途中、片隅の庭木の根もとで野鳥の死骸《しがい》を発見した。鮮やかな茶色の翼を持ち、白と黒の細かな斑《まだら》模様で彩られた、雀よりも大きな身体だった。

照りつける太陽の下で膝《ひざ》を抱えてしゃがんだまま、ひたすら鳥の造形を眺めて一体どれくらい経ったのか。

地面に影が落ちかかって顔を上げると、部屋に引っ込んでいたはずの少年が背後に立っていた。託された幼児が家の中にいないことに気づいて、捜しにきたんだろう。

「何やってんの？」

初めて聞く声は想像以上に優しかった。

でも、何と答えたらいいのかがわからない。

鳥を見てる。

死んだ鳥を見てる。

死んでるから見てるわけじゃない。

精密な模様や繊細な羽の質感に目を奪われて、いつからここにいるのか、どこからきたのか、どうして死んでしまったのか、そんなことを考えていたら時間を忘れてしまった。それをどう説明すれば伝わるのか、上手《うま》い言葉が見つからない。

が、幸い少年は無反応を気にする様子もなく、膝を抱え込む幼児の肩に触れてこう言った。

「お墓を作ってあげようよ」

そして二人で庭の片隅に鳥を埋葬した。

埋め戻した土を手のひらで均《なら》したあとも、しばらくはじっと動かずに地面を見つめていた。

風もなく、世界は静かで、徐々に暑さが薄れていくような錯覚をおぼえたとき、頭上のどこかで蝉が鳴きはじめた。

「──汗だくだよ。家に入って着替えたほうがいい」

そう促した彼の額にも、汗の粒が無数に光っていた。

家に入ると、泥だらけの手を洗うために洗面所に連れていかれた。だけど身長が足りなくて洗面台の前で四苦八苦していたら、彼が後ろに立って手伝ってくれた。

次に、父が預けていった荷物からTシャツを引っ張り出して、汗で濡《ぬ》れた服を着替えさせられ、ダイニングテーブルの椅子に座らされて、こう訊《き》かれた。

「おなか空《す》いてない？　オムライス食べるなら作ったげるよ」

おなかは空いてる、と言えばいいのか。

それとも、食べる？　作って？――どれを言えばいいんだろう？

結局、何も答えなくても彼はオムライスを作ってくれた。

卵の優しい香りとケチャップの酸味。形は少し歪《いびつ》だったけど、ふわりと立ち昇る湯気を嗅《か》いだ途端、いただきますも言わずにひと口目を頰張ってしまった。

彼のお母さんが作ってくれるものとは違い、ケチャップライスには鶏肉《とり》や玉ねぎじゃなくてウインナーとピーマンが入っていた。同じだったのはコーンだけ。ピーマンは苦手だったのに、このときは不思議なくらい甘く感じられた。

テーブルの向かい側に座った少年が、リモコンで隣の部屋のテレビを点《つ》けて子ども向けのチャンネルに合わせた。それから、こちらを見て言った。

「どう？　美味《おい》しい？」

いままでに食べたオムライスの中で一番美味しい。

その気持ちを言葉にできずにいると、指が伸びてきて頰を擦《こす》られた。

「ケチャップついてるよ」

彼が笑った。

窓から射し込む陽の光を受けて、柔らかな色合いを放つ髪や瞳《ひとみ》。肌の白さ。

だけど子ども心に直感した。

彼の物腰も声も、とても優しい。ただ、それだけだ。

灰色とも淡い茶色ともつかないガラス玉みたいな瞳は、こちらを向いてはいても見ていない。庭の片隅に横たわる鳥の精巧な羽模様も、その目には何ひとつ映っていなかったのかもしれない。

鳥だけじゃない。テレビ画面の子ども番組も、正面に座る自分も、彼にとっては等しく『視界にある何か』だ。

そんなふうに思えて、何故か打ちのめされた気分になった。

どうすれば、彼にちゃんと見てもらえるんだろう？

いつか、あの瞳に映ることができるのか――

その答えを知る機会は訪れないまま翌春を迎え、気づけば隣家はもぬけの殻になっていた。

時を同じくして、自分のもとに知らない大人がやってきて「お父さんが死んだ」と告げられ、何がどうなっているのかわからないまま遠いところに連れていかれた。

ただし、行き先は未知の場所というわけじゃなかった。

物心ついた頃にはそこにいて、あるとき父親だという男が現れ、彼とともに生まれて初めての飛行機に乗って海を越え、あの母子の隣の家で暮らしはじめた。だから正しくは、もといたところに連れ戻されたというだけに過ぎない。

表向きは身寄りのない子どもたちの保護施設。が、実情は全く別の顔を持つ組織だ。施設内には学校もあり、一般的な教育のほか、一定の年齢になると特殊な仕事に就くための専門教育を受けさせていた。

武器の扱い方。格闘術。各種運転、操縦テクニックや複数の言語の習得。拷問の手段、拷問に耐える手段。偽装、変装、潜入、脱出の訓練――挙げていけばキリがない異質なカリキュラムの数々。しかし、そこにいる子どもたちにとっては、それが当たり前の世界だった。

自分が何者なのかなんて考える暇もなく、教えられる全てを骨の髄まで叩《たた》き込むことだけが、彼らが生きていく唯一の術《すべ》だからだ。

＊

ちょうど十年後の春、再び日本に戻った。

東京を拠点にいくつもの偽の身分を使い分け、指示さえあれば世界中のどこへでも飛んでいく。――施設に戻ったときから既にそうなることが決められていて、こちらで暮らすために不自由しない教育を受けてきた。

ところが、初っ端《しょぱな》から思いがけない洗礼が待っていた。現地に馴染《なじ》む訓練の一環で、同世代の感性や文化を理解するために押し込まれた都内の高校での生活だ。それまでとは何もかもが違う学校社会は、まるで宇宙人の群れに放り込まれたような日々だった。

そんな中、ようやく迎えた最初の夏休みに、一度だけ懐かしい場所を訪れた。

昔、父と二人で暮らした土地だ。幼い記憶はあやふやだったものの、少しずつ集めた情報を頼りに数年がかりで位置を特定していた。

千葉県市川市《いちかわ》、旧江戸川《えどがわ》沿いに家並みが続く長閑《のどか》な住宅地。

真夏の空は青く、雲は白く、車道から数段高く造られた堤防沿いの歩道に上がってみれば、穏やかに流れる川面《かわも》は陽の光を受けてキラキラと輝いていた。

そのまま川辺を歩いて目的地に辿《たど》り着くと、果たして、かつての家は小規模な低層マンションに変わっていた。さほど広くもない敷地だったはずだから、おそらく隣接する土地を合筆したんだろう。

が――母子が住んでいた隣家のほうは、昔のままの姿を留《とど》めていた。

その光景を目にした刹那《せつな》、タイムスリップでもしたような気分に見舞われて足が竦《すく》み、放心してしまった。

母親のように親身に面倒を見てくれた女性が、いまにも玄関から現れそうな既視感。緑が生い茂る庭で少年と会った夏の記憶が蘇《よみがえ》る。

歩道に立ち尽くして、懐かしい佇《たたず》まいをただ眺めて、どれくらい経った頃か。突然、視線の先の門扉が開いて心臓が跳ね上がった。

そして次の瞬間、その心臓が今度は止まりそうになった。

現れた二人の男のうち、ひとりは二十代前半くらい。白いTシャツにヴィンテージデニム、足もとはベージュ系のスリッポンというシンプルなファッション。それでいて、髪や肌の柔らかな色合いや生粋の東洋人とは明らかに異なる造作《ぞうさく》が、隠しようのない存在感を伝えてくる。

あの頃、成長過程にあった隣家の息子が、すっかり大人の顔をしてそこに立っていた。とうの昔に引き払ったはずの家で何をしていたのか。ひょっとして、この十年の間に戻っていたのか。

何気なく辺りを見回した彼の目が、景色の一部のようにこちらを掠《かす》めて逸《そ》れていく。テーブル越しに微笑んだ少年とまるで変わらない、全てに無関心な眼差《まなざ》し。

ただ、彼が気づかないのも無理はなかった。当時の自分は幼児の域を出ない年齢で、十代の少年が二十歳を超える程度の変化とは比較にならないだろう。

歩き出そうとして家を振り仰いだ彼を、連れの男が促した。ポロシャツにデニムというラフなスタイルの、親子ほど年の離れた人物が誰なのかは見当もつかなかった。

去っていく彼らの後ろ姿を見送りながら、声をかけることを考えなかったと言えば嘘になる。

いまなら追いつける、と何度も自分を急《せ》き立てた。

生きて動いている彼が、あそこにいる。手の届くところにいる。

駆け寄って話しかけよう。まだ間に合う。いまならまだ——

結局、二人が数軒先の角に消えて、さらに時間の感覚がわからなくなるほど経過するまで一歩も動けなかった。

しかし、それで良かったんだと思うことにした。

昔、隣に住んでた子どもだと名乗ったところで何になる？

嘘の近況でも並べ立てるのか？

自分はもう、姿形だけじゃなく中身までもが、一緒に鳥を埋葬した子どもじゃない。

その事実を知られずに済んだことに安堵《あんど》すべきだった。そもそも、隣家の幼児のことなんか彼が憶《おぼ》えているかも疑わしい。――そう肚《はら》の底で言い訳し、二度と訪れないことを誓ってその場をあとにした。

帰宅すると、身に着けていたものを全て処分した。この日の出来事も過去の断片も、丸ごと葬り去りたかった。

初めて仕事をしたときから左右の耳に刺していた三つのピアスも迷わず捨てた。

白、黒、茶色の小さな天然石が、それぞれ何という名前だったのかは知らない。ただ、あの庭で埋めた鳥と同じ色を選んだのは偶然じゃなかった。鏡の中にそれらを見るたび、指で触れるたび、どんなに気が滅入《めい》るような日でも大切な思い出を胸の裡《うち》に手繰り寄せることができた。

でも、それももう終わりにした。以来、ピアスは一度も着けていない。

その後、彼を探そうと思えば手段はいくらでもあった。だけど探さなかった。

忘れたフリをして脇目も振らずに仕事さえしていれば、時が経つのはあっという間だった。

生来苦手な感情表現は、幸いあまり必要のない仕事だ。やがて、表に見せないだけじゃなく裡にある何かを殺すことにも慣れ、着実に経験が積み上がり、比例して偽名も増えていった。

任務ごとに与えられる人物を演じ、実体のない存在だけが知れ渡り、ロクでもない生業《なりわい》が臓腑《ぞうふ》の細胞にまで沁《し》みついて、自分が誰なのかもわからなくなった頃——

その仕事が舞い込んできた。

＊

あるとき、写真の入手すら間に合わないほど火急の仕事が入った。

送られてきた情報は対象者《ターゲット》の氏名と年齢、人種のみ。外観については推定だった。それでも当人らしき人物の所在を摑《つか》んだという連絡を受けて、一番近くにいた自分が向かうことになった。

丸ノ内線と大江戸《おおえど》線が交差する中野坂上駅から、ほど近いバー。到着したとき、入れ違いに店から出ていく観測手《スポッター》が手の中に紙切れを滑り込ませてきた。

走り書きの『ＣＲ３』——カウンター席の右から三番目。

客たちの狭間に覗《うかが》えた人物は、後方からの目測では身長百八十センチ台後半。濃紺のスーツの背中はやや細身ながらも痩身《そうしん》というほどではなく、姿勢がいい。柔らかな髪の色合いは、照明のせいだけじゃないのかもしれない。データによればスラヴ人とアジア人の血を引き、東欧や北欧にもルーツを持つ、となっていた。

その右隣の席から空のグラスを取り上げたバーテンダーが、天板を拭《ふ》きつつ目を寄越《よこ》して、こちらへどうぞ、と声をかけてくる。ちょうどクリスマスが近いこともあってか店内はほぼ満席で、カウンターも観測手が確保していたその一席以外は埋まっていた。渡されたおしぼりと引き換えにオーソドックスな銘柄の樽生《たるなま》をオーダーして、何気なく左横の客を窺《うかが》い――そのあとの数秒間は、呼吸をすることさえ忘れていた。

おかげで、視線に感づかれるという失態まで犯してしまった。

ただ、特段外国人が集うというわけでもないバーで、明らかに人種の異なる客が隣にいれば、二度見くらいするヤツもたまにはいるんだろう。こちらを見た彼は、不審がる風情もなくこう言った。

「こんばんは」

たまたま隣り合わせただけに過ぎない客同士の挨拶《あいさつ》。しかし、その声は間違いなく記憶の奥底に沈んでいたそれと重なった。

――何やってんの？

初めて耳にした言葉が脳内にふわりと浮き上がる。

もちろん、声変わり前の少年と全く同じというわけじゃない。それでも忘れようがない穏やかな口ぶりと、一切の気持ちがこもらない優しげなトーン。

不意に、己の身上や生業が一気に遠退いて、まるで夢の中に迷い込んだかのような現実感のなさが訪れた。

二十五年前の真夏の庭に立ち尽くしている錯覚。昔の家を見にいって声をかけられなかった、十四年前の夏。あのとき見た青年が、さらに成熟した大人の落ち着きを纏《まと》って隣に座っている。

オーダーしたビールが目の前に置かれたときも、まだ上の空だった。気づけば、滑らかな泡の乗ったピルスナーグラスが手もとにあって、お疲れさま、という言葉とともに左隣からロックグラスを差し出されていた。

どうにか応じた指先の震えは、幸い彼の目に留まらなかったようだ。

「仕事帰り?」

「……そんなもの」

「へぇ。職場がこの辺り? それとも地元がここらへん?」

首を傾《かし》げて問う仕種《しぐさ》も、瞼《まぶた》に残る姿と寸分違《たが》わず、不覚にも眼窩《がんか》の奥が熱を持った。

慌てて顔を俯《うつむ》けると、問いへの答えも何だかよくわからないものになってしまった。

「このへんは初めてで——知り合いもいなくて、泊まるところがない」

ボソボソと漏らす横で、ロックのおかわりをオーダーする声がした。どうやら無様な発言は聞こえずに済んだらしい。

ホッとしたのも束の間、こちらに目を戻した彼がこんな言葉を投げてきた。

「平日だし、新宿のほうに移動すれば空いてるホテル絶対どっか見つかると思うよ？」

途端に居心地の悪さが跳ね上がった。

さっさと話を逸らしたくて、何気ないふうを装って名前を尋ねた。己のエラーをごまかすためでもある一方、彼がターゲットなら腑《ふ》に落ちない点があったからだ。

しかし、返ってきたのは情報どおりの姓だった。

「中野。中野区に住んでる中野だよ」

小さく肩を竦《すく》めた彼の笑顔から目を逸らして、自己弁護のように考えた。事前の情報がありながら顔を見るまで思い至りもしなかったのは、名前のせいでもある。

ナカノミナト──それが対象者のフルネームだった。

確かに昔、隣家の女性が息子を「ミナト」と呼ぶのを何度か聞いたことがあった。

だけど、彼らはナカノなんて姓じゃなかった。

じゃあ何だったのかと言われれば、不思議と思い出せない。ただ、父が留守にするたび「お隣の──さんちに行っておいで」と口にしていた名前は四文字だったと思うし、まるで響きが違っていた。

昔の姓が何であれ、母親が再婚でもしたのか。それが、急に引っ越していった理由なのか。十四年前、あの家から一緒に出てきた男は、ひょっとして義父だったんだろうか。もしくは彼自身が誰かの養子になったか、あるいは結婚して婿養子に入ったか。少なくとも指輪は見当たらないけど、そんなもので判断はできない。

とうの昔に探すことを放棄したのは自分なのに、何もわからないという事実に苛立《いらだ》ちをおぼえた。

「どうかした？　中野って名前に何か思い出でもある？　えっと……」

隣席から声がして我に返り、名前を訊《き》かれていると気づくまで数秒かかった。

俺は——と慌てて口をひらいて、つんのめるように一旦《いったん》停止した。偽名の選択肢ならいくらでもあり、それぞれの人生も細部まで頭に入っていた。

なのに口から滑り出た名前は、そのどれでもなかった。

「坂上」

ここは中野坂上で、彼は中野だ。だから咄嗟《とっさ》に下半分を拝借した。最寄りの駅名の残り半分をもらうことで、彼と何かを分け合えるような気がしたからだ。

ただし読みは「サカウエ」じゃなくて、苗字《みょうじ》っぽく「サカガミ」と名乗った。

「そっか、坂上くん。——くん呼びで失礼じゃないかな？　多分、俺よりだいぶ若いよね？」

中野坂上にある店で、中野という人物相手に坂上だなんて名乗ったら、普通は冗談だと思って笑うか、呆《あき》れるかするだろう。なのに返ってきた反応はそのどちらでもなく、戸惑いや驚きの色もなかった。

興味がないのだ。

あの夏の日と同じで、こうして隣に座っていてさえも。そう悟った途端、経験したことのない感情が鳩尾《みぞおち》を締め上げた。

その先はもう、自分が何を喋《しゃべ》ったのかも記憶にない。

思い出せるのは、翌日も仕事だからと帰った彼を追って店を出た辺りからだ。

平凡な二階建てアパートの二階、四戸並んだうちの右から二つ目のドア。

彼が帰り着いた部屋を確認したあと、ゆっくりと時間をかけて周辺を歩いた。

ようやくそのドアの前に立ったのは、目的の窓が暗くなってから、さらに二時間ほど経った頃だ。

剝《む》き出しの外階段から各戸の玄関まで誰でもアプローチできる無防備な物件なんて、錠を破って侵入するのは造作《ぞうさ》もない。むしろ難題は入ってからだった。

部屋の主《あるじ》が眠るベッドの脇に立ち、無警戒な額に銃口を向けては下ろすという動作を何度も繰り返した。グリップを握る手のひらが、記憶にある限り初めて汗ばんだ。その忌まわしさを知らない年齢から身体の一部のように馴染《なじ》んできた道具だというのに、指の震えすら感じた。

時間が経つほど暗がりに目が慣れて、はっきりと視認できてしまう彼の姿に躊躇《ちゅうちょ》と焦燥が増していった。

二十五年前に出会い、十四年前に葬ったものが、再び形となってそこに横たわっている。いまは色合いを窺うことのできない髪が、少し手を伸ばせば届くところにある。枕の下に潜っている右手は、遠い日に鳥の墓を作ろうと言って触れてきた手のひらだ。二度と開けることはないはずだった夏の記憶の箱。なのに、と言うべきか、だからこそと言うべきなのか、頑丈な蓋《ふた》で覆われていた情景は少しも褪《あ》せることなく色鮮やかに甦《よみがえ》る。

瞼を閉じて肚《はら》を括《くく》り、狙いを定めては銃口を逸《そ》らして、セイフティをオンにする。

背を向けて静かに息を吐き、セイフティを解除してベッドの上の寝顔を狙う。

壊れた玩具《がんぐ》みたいに同じ動きを反復する間、首尾を確認してくるメッセージのプレビューに苛立ち、場当たり的な返信でごまかして、最後はスマホの電源を落とした。

そうして夜明けが近づいた頃には、もう仕事の遂行は諦《あきら》めていた。

一日外に出て一番近いコンビニまで歩き、ヤケクソでボトルビールを買って戻った。

考えなきゃならないことが山ほどできたのに何も考えたくない。

頭の中を無理やり空っぽにしてキッチンでボトルを呷《あお》っていたら、やがてアラームで目覚めた彼が起きてきた。

そして坂上を見て数秒黙り、別段驚いた様子もなくこう言った。

「泊まったっけ……？」

何という無関心。

なのに、明るい陽光の中で首を傾ける仕種が、美味《おい》しい？　と尋ねた少年の姿とあまりにも変わらなくて目頭が熱くなる。

その瞬間、一片の欠片《かけら》もなく自覚した。

到底、この男を殺せるわけがない——

彼は泊めた記憶のない客に動じないばかりか、トーストと目玉焼きとベーコンの朝食まで作ってくれた。

目の前に置かれたプレートから立ち昇る香《かぐわ》しい湯気。優しい卵の匂いがオムライスの思い出と重なって、言葉が見つからない。何か言えば声が震えてしまいそうだった。

その後、出勤した彼の安全を確保するためにあとを尾《つ》ける途中、未遂を知って接触してきた調整役《コーディネーター》を始末して、その時点から組織に追われる身となった。

が、幸いなことに、力を貸してくれる協力者たちが身近にいた。彼らのおかげで今日までどうにか生き延びてこられたし、贅沢《ぜいたく》にも仕事を選べるフリーランサーとして成り立ってもいる。

とは言え、決して危険がないわけじゃない。しかも、危ないのは自分よりも彼のほうだというのに、一緒にいることで余計なリスクを背負《しょ》わせている現実は否定できない。

それでも天秤《てんびん》にかければ、できるだけ近くにいたほうが少しはマシなはずだ——というのが己への言い訳に過ぎないことは、重々承知だった。

彼は荒野に放置された子羊じゃない。当人が知らなくても、ちゃんとガードたちが目を光らせている。これまでに自分が対処したいくつかの危機も、たまたまこちらが先に動いたってだけで、ガードが怠けていたわけじゃないだろう。

だから白状すれば同居はつまり、自分がそうしたかったというだけに過ぎない。

＊

半ば一方的に共同生活を送るようになって半年が過ぎた、ある夜。

彼を取り巻く事情が変化して警戒レベルが上がった頃で、我ながら少しナーバスになっていたんだと思う。

仕事で数日留守にしてアパートに戻り、観るともなく眺めていた映画のウエットな主人公に何故かやたらと腹が立って、八つ当たりでしかない暴言を埒《らち》もなく吐いた。他人なんて消耗パーツだとか、失って無力になるのは時間の無駄だとか、その手のふて腐れたネガティヴ発言だ。

なのに彼はまともに取り合ってくれた上、こう言った。

俺はあんたを代替可能なパーツだなんて思ってない――と。

彼特有の、気持ちのこもらない上辺だけの言葉だとわかっていても、胸の裡《うち》が勝手に浮き立った。その反面、自分が馬鹿みたいに思えて余計に神経がささくれた。

心にもないことを言わなきゃいいのに――密《ひそ》かな逆恨みを込めてセリフの主を見つめていたら、思いも寄らないことが起こった。

ストレートに表現するなら、彼と寝た。

何故そんな展開になったのかはわからないし、受け身の行為は初めてで面喰《めんく》らいもした。が、拒むという選択肢は自分の中になく、理由なんかどうでも良かった。

繋《つな》がる痛みに鳥肌が立つほど上擦った感覚を、いまでもリアルに思い出せる。

頭も身体も彼という存在で埋め尽くされて現実感を失い、危うく敵襲《アクシデント》への対処が後手に回りかけた。それだけでも重大なミスだというのに、動揺のあまり敵の生死の確認を怠って、駄目押しで彼を危険に晒《さら》してしまった。

なのに懲りもせず、あれから何度も身体を重ねている。

どうしようもない高揚のあとに理性が戻ってくるたび、己の迂闊《うかつ》さに舌打ちが漏れる。油断しすぎもいいところだと自覚していても、気づけばまた同じことを繰り返している。

普段は無関心の塊みたいな彼の目が、そのときだけは常にない熱を帯びるさまが堪《たま》らなく好きだ。背中に体温を感じるたび、かつて洗面台で手を洗ってもらったときの感覚を脊椎《せきつい》が思い出す。そうしてくれたことを、彼は憶《おぼ》えているだろうか？

いつだか、いづみ食堂の屋上で、母親が預かっていたという幼児の話が飛び出したことがあった。情報屋の存在に妬《や》けて、子ども時代の気持ちを思い出した、と彼は言った。

それが本気かはさておき――何しろ、嫉妬《しっと》なんて感情を本当に持っているとは思いがたい――ひょっとして、自分がその幼児だと気づいているのかと一瞬動揺して、持っていたボトルビールを落としそうになった。

結局、そうじゃないらしいことはすぐに知れた。

だけど、あんたが情報屋に奪《と》られたくない相手は、母親に可愛がられてあんたを嫉妬させた子どもだと明かしたら、どんな顔をするだろう？——そんなことを考えたら笑える気がして、自分に驚いた。笑える、なんて情動が訪れたのはいつ以来だったか。

が、そうして己の変化を自覚する一方で、浮つく気持ちと表裏一体の葛藤《かっとう》が募っていった。

再会の真相を話さなきゃならない。

いつまでも隠しおおせないことはわかっていたし、何度も言おうとした。でも、そのたびに何をどう語ればいいのかがわからなくなってしまう。

なのに、こんな形で知られるなんて想定外だった。

早く言っておくべきだった。それだけが唯一の後悔だ。

そして、打ち明けてみて気づいた。男の額を撃ち抜くのをやめて飼い殺していた女と、自分と、何が違う？

何も違わない。

彼だってきっと、遅かれ早かれその事実に至ってしまう。

終わりがないように思えた沈黙の果て——

じっと耳を傾けていた彼が、ゆっくりと姿勢を変えて呟《つぶや》いた。

「あぁ……そっか」

いつもと変わらない声のトーン。続く言葉はない。

またすぐに訪れた無言の時間が、真綿のように全身を包み込んで締め上げる。こんなにも何かに怯《おび》える気持ちは、これまで感じたことがなかった。

静寂の重みで圧死してしまいそうだ。

顔を上げるのが怖い。

彼を見るのも、彼に見られるのも怖い。

彼の目に映る自分を、
もしくは映ってなんかいないことを、
確かめるのが、こんなにも怖い。

3

白を基調に色彩を抑えたベッドルームは、調度品もシンプルで無駄のない空間だった。もちろん悪い意味じゃない。神経に障らないところがいいし、そもそも眠るための場所では目を閉じているのが原則だから余計な装飾は必要ない。

リビングルームとの間を仕切る扉を閉めたとき、先に入った坂上は部屋の真ん中で立ち尽くしていた。

その背中に触れて促し、二台のベッドにそれぞれ腰を下ろした。隣接する狭間《はざま》で向き合うように、ただし真正面じゃなく、やや位置をずらして斜向《はすむ》かいに。緊張感をともなう状況下で彼が余計に萎縮《いしゅく》してしまわないように、だ。

ここまでの様子からして自ら口火を切ることはなさそうだと思いつつも、まずは少しだけ待ってみた。が、プレッシャーを与えるほど沈黙を続けることはせず、かといって性急すぎもしないタイミングで中野は口をひらいた。

「――護《まも》ってるフリだった?」

できるだけ重圧を感じさせない声音を心がけて、端的に。

坂上は膝《ひざ》の上で組んだ両手に目を落としたまま、小さく首を横に振る。

「でも、あんたも俺を殺しにきた?」

今度は反応がない。

俯《うつむ》けた頬が完全に無反応なことを確認してから、中野はゆっくりと首を傾けた。

「それが仕事だもんね」

言ってから、いまのはちょっと厭味《いやみ》っぽく聞こえただろうかと反省した。でも、仕事なら仕方ないと思っているのは本心だ。

坂上の生業《なりわい》に口出しする気はない。たまたま、エリート官僚でもトラックドライバーでも居酒屋店員でもなく殺し屋だったというだけで、何をしていようが坂上は坂上だ。どんな仕事であれ成立した契約内容に沿って遂行するのは当然のことだし、それが自分を始末する任務だったとしても理解が揺らぐわけじゃない。己を特別扱いしないことが数少ない美点のひとつだと、中野は常日頃から密かに自負していた。

だから彼が自分を殺しにきたという事実は、一旦《いったん》置くとして——だ。

それよりも気になるポイントがほかにあった。

坂上は本当に組織とやらを裏切ったのか。裏切ったフリをしているだけなのか。

フリじゃなければ、勤務先に反旗を翻したのは何故なのか。本当に、殺し屋の元飼い犬が言うように莫大《ばくだい》なカネとやらが目当てなのか。しかし、もしも中野を利用するつもりだったなら、そんな現実は知れば知ったできっと愉快な気分じゃない。

ただまぁ、他人の心の有りようがこちらの理想どおりじゃない局面なんて、生きていれば掃いて捨てるほど遭遇するものだ。坂上が何を考えていようと彼の自由意志であって中野が口出しすることじゃないし、聞かずにいれば知らずにいられて、嘘を吐かれていたという事実は存在しなくなる。

――じゃあ？

中野は胸の裡で首を捻《ひね》った。

自分から「話そう」なんて誘っておきながら何だけど、わざわざ二人きりになってまで何を話せばいいのかが早々にわからなくなってしまった。

もちろん、話題に困ったからって「俺が兵法の十計なんて言い出してドキッとした？」などと冗談めいた問いを持ち出すのはデリカシーに欠けるというものだろう。

いっそ何もかも一旦棚上げして、今夜作る予定だったオムライスのソースのことでも尋ねてみるか？　そして、さっさと死に損ないのシステム屋をどこかに運んで、中野坂上の地下室に帰って、坂上のリクエストどおりのオムライスを作って食わせる。

酒屋の冷蔵庫に入れた荷物を引き取るついでに、こんなときこそボトルビールのパックをいくつか頂戴《ちょうだい》していって、自宅でひと息ついてから話を改める。もう、それでいいんじゃないのか？

我ながら名案だと内心で自画自賛したとき、小さな呟きが沈黙を破った。

「――か」

「うん？」

「まさか……」

坂上が言いかけて僅《わず》かに沈黙し、聞き取れるギリギリのボリュームでこう続けた。

「あんただなんて――思わなくて」

「何が？」

訊《き》き返すと、仄《ほの》かな苛立《いらだ》ちを孕《はら》んだ目がチラリとこちらを見た。

「だから、対象があんただとは思わなかったんだ」

「対象？　えっと……俺だとは思わずに殺しにきたってこと？」

視線を逸《そ》らして頷《うなず》く坂上を、中野は数秒無言で眺めた。

まるで、殺しにきてみたら知り合いだったとでも言わんばかりの口ぶりだ。

確かに、フリでもカネ目当てでもなく組織とやらを裏切ったというのなら、実は顔見知りだったという理由は妥当だろう。だけど心当たりがない。

ひょっとして記憶にない原因は、彼の特性である特徴のなさのせいなんだろうか？　だとすれば思い出そうと頑張ったところで難しい。この空気で、どこかで会ったかと尋ねるのは顰蹙《ひんしゅく》かもしれないけど、わからないものはわからない。

仕方ない。訊こう――肚《はら》を括《くく》って口をひらいたとき。

再び目を上げた同居人が、思わぬ必殺アイテムを中野の前に投げ出した。

「あんた、前に言ってたよな。昔、母親が近所の子どもを預かってたって――それが、俺だ」

道端の草むらから飛び出してきたようなカミングアウトと、決壊したダムみたいに押し寄せてきた真相の奔流。

坂上が語った内容はこうだ。

父親と二人で暮らしていた幼い時分に、時々隣家へ預けられていたこと。

真夏のある日、その家の庭で少年時代の中野と会ったこと。

死んだ鳥を一緒に埋めたこと。彼は、冬に五歳を迎える年齢だったこと。

翌春には父親が亡くなって、遠い異国——父が現れるまで暮らしていた、ロシアの児童保護施設に連れ戻されたこと。

そこで教育を受けるとともに生業のノウハウを詰め込まれ、十年後に再び日本に舞い戻ったこと。そのとき昔の家を訪ねて、偶然にも中野を見かけたこと。

月日は一気に飛んで、バーで再会したのが十一カ月前、昨年の暮れ。

指示に逆らって中野《ターゲット》を生かし、代わりに組織の人間を始末したために追われる身となったこと。それでも協力者たちのおかげで生き延びてこられたこと。

次々と現れる『客』は中野を消そうとする者以外にも、坂上を捕らえようとする者、そのための餌として中野を拉致《らち》しようとする者がいること。中野が出くわした顔ぶれのうち、例のエレベータの女が最後のパターンにあたるようだ。確かに彼女は銃弾を喰《く》らう寸前、それらしいことを言いかけていた。

ひととおり語ったところで坂上は沈黙した。ここから先をどうするか考えあぐねているようにも見えるけど、内心は窺《うかが》えない。

中野はその間に、耳から滑り込んできて回遊した情報が肚の底へと沈んでいくのを静かに待った。

そして最初にプカリと浮かび上がったのは、そうか、という思いだった。

だから、そのままの言葉を口にした。

「あぁ……そっか」

母親が預かっていた近所の子ども、あれは近所というより隣の子だったのか。

当時が四、五歳だったなら、てっきり詐称だと思っていた三十歳という年齢も符合する。冬が誕生日だというから、早ければ来月くらいには三十一になるんだろうけど、何月なんだろう？

しかし、これは坂上にとって一世一代の激白に違いない。なのに、初《しょ》っ端《ぱな》のコメントが「お隣さんだったのか」や「誕生日は何月？」でいいわけがない。

じゃあ、まず何を言おうか——

何故かますます俯いてしまった同居人の旋毛《つむじ》を眺めて、中野はアーカイブされた記憶の底を探ってみた。

庭の片隅に鳥を埋めた思い出が、ふわりと額の辺りに広がる。

小学生最後の夏、ひどく暑い日だった。緑が生い茂る庭の隅、雑草が伸びはじめた一角に小さな背中がしゃがみ込んでいた。

あの子と会ったのは、多分その一度きりのはずだ。思えば、現在の彼と負けず劣らずの人見知りな幼児だった気がする。正直、顔はちっとも憶《おぼ》えていないけど、特徴がなくて印象に残りづらい造作《ぞうさく》が生来のものなら無理からぬことだろう。

「あのとき、死んだ鳥を一生懸命眺めてたよね」

声をかけると、坂上の頰がチラリと反応した。

「何をそんなに見てたわけ？」

「――柄が」

「がら？」

「色は地味なのに、柄がすごく精密で……だから何だってことでもなかったけど、見てたら飽きなくてキリがなかっただけだ」

「そんなアーティスティックな鳥だったっけ」

「あんたが鳥の柄なんか見てなかったのはわかってた」

「鳥しか見てなさそうだったのに、そんなこと気づいちゃったんだね」

中野は頰を弛《ゆる》めながら、こうして当時を思い描ける自分に驚いていた。

もう再生することのない出来事を仕舞い込んで圧縮し、存在すら忘れ去っていたアーカイブフォルダ。残っているのが奇跡的なくらい古いデータをサルベージして解凍してみれば、思いがけないほど劣化の少ない映像が詰まっていて面喰《めんく》らう。

そうだ、彼にオムライスを作ってあげた。家事が苦手な母の数少ない得意料理で、いつしか自分でも作れるようになっていたメニューだ。

炎天下の戸外に長時間いて、穴を掘って体力も使い、腹が減っていたんだろう。現在と比べたら随分と拙《つたな》い出来だったシンプルなオムライスを、無口な幼児は一心に貪《むさぼ》って綺麗《きれい》さっぱり食い終えた。

あのときは確か冷蔵庫に鶏肉《とり》がなくて、玉ねぎを切ると目が痛くなるのが嫌だったから――

「ウィンナーとピーマンとコーン……」

無意識に呟《つぶや》きが零《こぼ》れた。

同居人を見ると、悪戯《いたずら》がバレた子どもみたいな目がすうっと逸《そ》れていった。

「まさか、あの具材が好きなのはそれが理由？」

答えはなかったけど、きまり悪げな横顔が雄弁に肯定していた。

「ていうかさ、ずるくない？　俺がオムライス作るたびに、あんたはひとりであのときのことを思い出してたってわけだよな？」

「ずるいって……」

声とともにようやくこちらを見た、無防備な表情ときたら。

「そうだよ。ひとりで思い出を楽しんじゃってさ」

「別に楽しんでなんかない」

「楽しんでなかったら、いくら好きだからってあんなにオムライスばっかり食べないだろ？」

「それは――」

何か反論しかけた坂上は、言葉を選びかねる様子で口ごもったあと、唇を引き結んで上目遣いを寄越した。

とにかく、楽しんでたわけじゃない。――ついさっきまで項垂《うなだ》れていたくせに、やけに頑《かたく》なな面構えでそう主張してくる。

「まぁいいよ、オムライスは純粋に大好物だってことで。けど、その原風景みたいな思い出話とか、俺の前に現れた経緯とか、もっと早く言ってくれても良かったんじゃないかな」

「言おうとは……思ってた」

「思うだけじゃなくて口に出さないと」

「わかってる」

「大体さ、話すのを躊躇《ためら》う理由って何かある？　自分の危険も顧みずに俺を殺す仕事を放棄したなんて話を聞いて、俺がマイナスの感情を抱くわけがないんだし」

「あのシステム屋みたいに目的を疑うかもしんないだろ。あんなヤツがどう思おうと関係ねぇけど、あんたには疑われたくない。疑ってないって言われても、あんた、いつも口先だけだから本音がわからない」

「いま、さらっと聞き捨てならないこと言った？」

中野は笑って、噛《か》んで含めるように続けた。

「疑わないよ、口先だけじゃなくてね」

「――――」

「そもそも、あんな死に損ないのサノバビッチと同列にされるのは心外だな」

肩を竦《すく》めてみせると、坂上が両膝《りょうひざ》に肘《ひじ》をかけてゆっくりと上体を折った。垂れた後頭部越しに、深い溜《た》め息《いき》と低い呻《うめ》きが漏れてくる。

「馬鹿みたいだ……俺」

「そうだよ。そんなことで悩むなんて無駄だってことに、もっと早く気づくべきだったのに」

「あんたがここまで無神経なヤツだとは思わなかった」

「やっぱり消しときゃ良かったって後悔してる？」

「自分の馬鹿さ加減に嫌気が差してるだけだ」

坂上は吐き捨てるように言って、伏せていた身体を起こした。

何かひとつ吹っ切れたような目が真っ直ぐにこちらを向いた。滅多に直視する機会がない、黒い瞳《ひとみ》。そこに映り込む自分の姿。セックスの最中以外で、同居人がこんなふうに見つめてくることは珍しい。

まるで吸い込まれるような感覚に任せて手を伸ばした中野は――しかし、腕に触れる寸前で思いも寄らない感覚に襲われてサッと居住まいを正した。

途端に坂上の眉間《みけん》が訝《いぶか》しげに曇った。

「何だよ……？」

「いや、ちょっとなんか一瞬、幼児相手に下心を抱く危ない中年男になったような気がして」

「――――」

「だって、さっきの話を聞いたばっかりだよ？　まだ大人と子どものあんたが、俺の中で一体化してないっていうかさ。むしろ俺的に新しいほうのあんた、つまり小さい子のほうが存在を主張してるっていうか？」

「は……？」

「あぁ別に、信じてた相手の隠された正体を知って上辺だけ平静を装い続けようとしたのに早速失敗した、とかいうわけじゃないからね」

「何言ってんだ？　あんた」

仄《ほの》かな呆《あき》れ声を寄越《よこ》して、彼は気を取り直したように口調を変えた。

「――もう戻らねぇか？　この先の話をするには、向こうのヤツらもいたほうがいいと思う。俺が説明するより、ちゃんと伝わりそうだし」

「説明してくれるのは誰でも構わないけど、そうだね。実はちょっと、隣の部屋がどうなってるのか気になってたんだよ」

血だらけの男と、ソイツを殺したい二人の男たちを置いてきた。あれからどうしているのか、少なくとも隣室からアグレッシヴな物音や気配は伝わってこない。

「いま、二人きりのうちに話しておきたいことがなければ、俺はいいよ」

中野が言うと、同居人は数秒思案してから小さく頷《うなず》いた。

「あんたに訊《き》きたいことが、あるにはあるけど――いまじゃなくてもいい」


扉を開けると同時に、新井と富賀が揃って目を寄越した。

彼らはソファじゃなく、窓辺に置かれたライティングデスク風のテーブルセットに対面で座っていた。向かって右の椅子に新井、左が冨賀だ。

ボロ雑巾《ぞうきん》みたいなシステム屋は、いまは部屋の入口に近いカーペットの上で伸びている。一見すると死体みたいな有り様で、もとは無地だったオフホワイトのカットソーなんか、赤黒い斬新な柄物に着替えたのかと思うほどだった。

そのくせ、室内を見回しても新たな乱闘の痕跡《こんせき》はない。それどころかスタンドライトやサイドテーブルが正しい位置に戻り、割れたガラスまで片づけられていた。

なのに、床の男の状態《ステイタス》だけが悪化しているのは何故なんだろう――？

中野は彼を指して、窓辺の二人のどちらにともなく尋ねた。

「死んでないよね？」

「残念なことにな」

放るように答えたのは情報屋だ。その指先が煙草の箱から一本抜き取るのを、相席の新井が眉《まゆ》を寄せて一瞥《いちべつ》した。が、溜め息を吐いただけで何も言わない。室内には備品としての灰皿は見当たらず、テーブルの上に携帯灰皿らしきものが置いてある。

同僚はスーツの上着を脱いだシャツ姿で、肘まで捲《まく》った袖《そで》の数カ所に赤い染みが付着していた。倒れている男の血か、ガラスを片づけるときに切ったか、どちらかだろう。

ライターを擦った冨賀がひとつ煙を吐き、フィルタを挟んだ指を部屋の中央に向けて振った。

「まぁ座れよ二人とも。で？　謎が明らかになった感想はどうなんだ、王子様」

中野は男を数秒見返したあと、新井、坂上と辿《たど》った目を再び冨賀に戻した。

「王子様が俺のことなら、だけど。まだ、彼が俺を殺しにきたっていう事実確認と、昔お隣さんだった件しか聞いてないよ。それ以外の謎は、これからみんなで説明してもらおうってことになってね」

言いながら、さっきボロ雑巾が占領していたソファに座る。一番広い席を中野が独占する羽目になったのは、坂上がさっさとひとり掛けソファに舞い戻ったからだった。

馴染《なじ》みのないクラシカルなインテリアに尻《しり》を落ち着けて顔を上げると、テーブルの男たちが無言でこちらを凝視していた。正面にいる坂上だけが、いつもと同じ風情で端然としている。

「お隣さんだった件って何のことだ？」

新井が訝るように問いを寄越した。彼の向かい側にも似たり寄ったりの顔がある。

中野は、彼らから受けとめた目を同居人にシフトした。

「その話、してないの？」

「まぁな」

「言ったらまずかった？」

「別に」

「で、何なんだ？」

冨賀の声に急《せ》かされて、若干面倒な気分に見舞われながらもテーブルのほうへ向き直った。坂上が発言しそうな気配がこれっぽっちもないからだ。

「彼が俺を殺しにきたら、たまたま子どものとき隣の家に住んでた顔見知りだったから殺せなかったって話だよ」

「――――」

窓際の男たちは、それぞれ素早くソファの二人を見比べた。

先に、冨賀が坂上に向かって声を上げた。

「まさかソイツを殺せねぇ理由って、そんなことだったのかよ……!?」

弾みで指先の煙草から灰が落ちたことに気づいた様子もない。坂上のほうは他人事《ひとごと》みたいな顔で明後日《あさって》の方向を向いている。

一方、目の前で跳ね上がったボリュームを意に介することなく、新井が中野に尋ねた。

「いつ頃のことなんだ？」

「俺が小六の頃だよ。彼はまだ幼児だった」

「要するに幼馴染《おさななじ》みってことなのか？」

「というほどでもないな。お隣さんだったのは短い間だったし、俺たちがまともに会ったのも一回しかないんだ」

「それにしたって、そんな偶然ってあるのかな」

「偶然じゃない」

その声が誰のものか、すぐにピンとこなかったのは中野ひとりじゃなかったようだ。

同時に互いを見交わした四人の男は、一斉に五人目の男へと顔を向けた。

ノロノロと身体を起こしたボロ雑巾が、カーペットの上で億劫《おっくう》そうに胡座《あぐら》を掻《か》くところだった。モデルばりの顔面は見る影もなく腫《は》れ上がり、鼻の下から頬にかけて擦《こす》れたような血の跡がそのまま残っている。

「全てが必然とまではいかないけど、単なる偶然ってわけじゃない。もともとカナコを消すために派遣されたミハイル・レフチェンコは、彼女と恋仲になって組織を裏切り、任務《しょ》を放棄して護《まも》ってた殺し屋なんだ」

初っ端《ぱな》から要領を得なかった。

坂上に目を遣《や》ると無言で首を振って返され、新井は肩を竦め、冨賀は胡散《うさん》臭《くさ》げな面構えで煙を吐いた。

が、男の発言は意味不明ながらも、中野の神経に引っかかる点が二つあった。

ひとつは、ベッドルームで聞いたエピソードと酷似しているというデジャヴ。自分たちが『恋仲』かどうかはさておき、坂上もまた属していた組織を裏切り、始末するはずだった中野を護ってきた。

そしてもうひとつは、知っている名前が紛れていたことだ。

男たちの疑問符が浮遊する空間に、中野はその二つ目を手札として投げ出した。

「カナコっていうのは、もしかして俺の母親のことかな」

「いまの話でいったら、それ以外にないだろ？」

「イエスとかノーとか簡潔に答えてくれればいいよ」

「待てよ、ソイツも何の話だ？」

冨賀が割り込んできた。

「てか何つった？　組織を裏切ってターゲットを護ってた殺し屋だぁ？　完全にKのパクリじゃねぇか。どういうつもりだか知らねぇが、どうせならもっとマシな作り話にしたらどうなんだよ？」

馬鹿にするような口ぶりを喰《く》らった鼻血野郎が、ややムキになって反論した。

「それを言うなら、むしろKがミハイルのパクリなんだ。血は争えない……いや、血なんか繋《つな》がってないけどな」

数秒、室内が沈黙した。探るような目をチラつかせて互いの表情を盗み見た四人のうち、新井が最初に口をひらいた。

「わかるように説明しろよ、ミハイルってのは誰なんだ」

だからぁ――と床の男は言い、こう続けた。

「Kと親子のフリして、ノゥリんちの隣に住んでた男だよ」


全員が坂上を見ていた。

ついさっき、ベッドルームで語られたばかりの昔話。施設にいた坂上を迎えにきて、中野母子の隣で暮らし、幼い息子を残して急逝した父親――だったはずの人物。必要最低限の経緯を聞いただけとは言え、その男と親子だということを坂上自身が疑っていた気配は露ほどもなかった。いま、彼の顔にはどんな感情も窺《うかが》えないけど、その皮の下に何の思いもないはずはない。

中野は発言した男に向かって尋ねた。

「フリって、どういう意味？」

「どうもこうもない、まんまの意味だよ。あんたんちの隣に住んでた二人は父親と息子じゃない」

「隣のお父さんはそのミハイルって人で、彼のお父さんじゃなかったってこと？」

「だからそう言ってんだろ？　ソイツはKがいた組織の殺し屋だよ」

「ロシアの……？　日本人だったと思うけどな」

「人種的にはそう見えただろうが、ロシア国籍だ。あんたの同居人だってそうだろ」

するど、当の同居人が熱のない口ぶりを挟んだ。

「情報が不正確だな。俺は無国籍だ。正式なIDはない」

「そうかよ、わかったよ、言い直すよ。ミハイルはロシア人、Kはほとんどロシア人。それでいいだろ？」

「いいっつーか」

と、冨賀。

「そもそも、お前の話が信用できる根拠なんかあんのかよ？」

「こないだKが片づけた女から、寝物語にあれこれと裏事情を聞かされてたんだよ。これがまた三度のメシよりセックスが好きな上、終わったあともよく鳴く女でさぁ。まぁそりゃあ、Kのお抱え情報屋なのにボスの父親のことも初耳だったんなら、疑いたいのも無理はないかもしれないけどな？」

しかし『Kのお抱え情報屋』は挑発には乗らず、咥《くわ》え煙草のまま男の戯《ざ》れ言《ごと》を跳ね返した。

「生憎《あいにく》、情報ってのは俺にとっちゃ、Kに必要なものだけを入手するビジネスだからな。女に飼われてオヤツ代わりに与えられるモンじゃねぇんだよ」

火花を散らす彼らの情報戦を一蹴《いっしゅう》するように、新井が割り込んだ。

「一体どういうわけで、ロシア人の殺し屋が中野んちの隣でKを育ててたんだ？」

「育ててたって言うと語弊があるな」

床の男は情報屋からエージェントに目を移し、そう前置きしてから続けた。

「もともと育てる目的で一緒にいたわけじゃない。カナコを消す依頼を受けた組織は、ミハイルを日本に派遣した。東アジアでの仕事は彼がメインで担当してたからな。で、そのとき一緒にやってきたのがKってわけだ」

折しも当時、組織の養成施設にアジア系の幼児がいた。いずれはミハイル・レフチェンコのようなアジア向けの要員として教育を受ける予定だったことや、親子連れを装えばターゲットに近づきやすくなるという理由もあり、テストケースとして連れてこられた。それが、のちに『K』となる子どもだった。

「ところが、殺すどころかカナコと深い仲になっちまったミハイルは、組織を抜けて逃げる計画を立てた。カナコとノッリも連れて、Kと四人でな。けど、カナコたち二人がひと足先に発《た》った直後にミハイルが消されちまって、Kは組織に連れ戻された──と、まぁそういうわけだ」

Got it? と見回した男に応じる者はなく、しばらくは誰も物音を立てなかった。

各自が、いまの話を己の裡《うち》で検証しているか、脳内のデータベースに書き込んでいるか、どちらかに違いない目つきで息を殺して沈黙していた。

テーブルの対岸にいる同居人の顔には、相変わらずこれといった色合いはない。普段と変わらない風情で脚を組んで左肘《ひだりひじ》をアームレストに載せ、腹の前で両手の指を組み合わせている。その姿勢のまま、人形のように身動《みじろ》ぎもしない。

ここで声をかけたところで、下手な慰めにしかならないのかもしれない。そう思いながらも、中野は何か言わずにいられなかった。

「あんたのお父さん……ミハイルさんは、あんたと家族になるつもりだった。経緯がどうあれ、それで十分なんじゃないかな」

「そうだぜ、K」

冨賀が珍しく同意を示して、短くなった吸い殻を携帯灰皿に突っ込んだ。

「家族なんてのは、血が繋がってりゃいいってもんじゃない。少なくともお前の周りには、そんなこともわからないほど愚かなヤツはいねぇはずだぜ？　ま、そこにいるダミアンはどうだか知らねぇけどな」

唐突に聞き慣れない名前が飛び出してきた。

口にした当人を除く全員が「自分じゃない」という目を交わし合い、最後は床の男へと視線が集約されていった。

「――え？　俺？　何そのダサい名前？」

「贅沢《ぜいたく》言うなよ。悪さして死に損なった駄犬とは言え、名前ぐらいねぇと不便だからな」

「だったら訊《き》けばいいだろ？　名前なら、ちゃんと俺に相応《ふさわ》しいのがついてんだからさぁ！」

「その腫れ上がった負け犬面に相応しい名前か？　ますます知りたくもねぇよ。てか、信仰を見失って苦悩した挙げ句に殉職した神父の名だぜ？　テメェにゃもったいねぇぐらいだろうが、有り難いと思えよ」

冨賀は投げ出すように言って、昨夜観ていたという悪魔祓《あくまばら》い映画の金字塔的作品のタイトルを挙げた。ただしスタートからいくらも経たないうちに寝てしまい、目が覚めたら件《くだん》の神父が階段を転がり落ちていくところだったらしい。

中野の記憶が確かなら、そのシーンはほぼラストと言ってもいいはずだ。要するに、ほとんど観ていないってことになるくせに、情報屋は押しつけがましい口ぶりでこう続けた。

「職業倫理を見失ったお前も、ちったぁ苦悩してみたらどうなんだ。四の五の言わずに大人しく受け容《い》れねぇと、神や悪魔に代わって俺の向かい側に座ってる男がお前の股間《こかん》に鉛玉を喰らわせるからな」

なんで俺が？　と『向かい側の男』が眉《まゆ》を寄せ、腫《は》れ上がった負け犬面を歪《ゆが》めたダミアンが駄々っ子みたいな八つ当たりを坂上に投げつけた。

「K、あんたが最初にちゃんと紹介してくんないから、こんなことになるんじゃないか……！」

「紹介しなかったか？」

新たなご主人様から気のない声音が返ると、不本意な命名に不服らしい犬は憤然と立ち上がった。

そのまま玄関のほうに足を向けたから、あのボロ雑巾《ぞうきん》みたいなナリで廊下に出ていくんだろうかと見守っていたら、彼はミニバーの冷蔵庫から缶ビールを出して戻ってきた。しかも律儀に人数分だ。

三銘柄を取り混ぜた五本の缶をセンターテーブルに置き、うち一本を手に再びカーペットの上で胡座《あぐら》を掻《か》いた男は、ふて腐れた面構えで開缶してグッと呷《あお》ってからこう言った。

「まぁとりあえずいいや、名前のことは。せっかく、これから話が盛り上がるとこだしな。聞いてるとどうやら、ここにいる王子様が――」

と、缶を持った右手の人差し指を立てて中野を指し、続ける。

「驚いたことに何にも知らなくて、いまから洗いざらい教えてやるんだろ？　長丁場になりそうだし、飲みながらやろうぜ」

早くも命名のショックから立ち直ったらしい男の発言に、今度は名付け親のほうが怒気を孕《はら》んだ。

「ふざけんな、俺はクルマだから飲めねぇんだよ。お前をどっかに運ぶためにな、ダミアン」

「へぇ、そりゃあご苦労なことだな」

彼らの摩擦熱が再燃しかけたところに、坂上が溜《た》め息《いき》を吐いて割り込んだ。

「俺が運転するから飲めよ、冨賀」

普段はクルマで移動している同居人は、たまたま今日に限って徒歩とタクシーで動いていたらしい。おかげで、荷物を運ぶために情報屋が駆り出されることになったというわけだ。

冨賀が、険を孕んだ目と尖《とが》った声音をそのまま坂上に振り向けた。

「別に飲みたくて言ってんじゃねぇ、酒ならウチにいくらでもあるからな。それよりコイツの無神経っぷりは何なんだ？　お前の王子様といい勝負だぜ、K。本気でこんなヤツ拾って育てるつもりなのかよ？」

「――――」

答えはなく、無言の目だけが返る。結局、怒れる酒屋には缶コーヒーが渡った。

中野はテーブルに置かれた四本の缶ビールのうち、一本を新井に渡して一本を坂上の前に押し遣《や》り、ひとつ残して一本を開缶した。銘柄はランダムだ。どうせ、こだわるようなヤツはいない。

「とにかく、そんなわけで」

情報屋の苛立《いらだ》ちを意に介するふうもなく、ダミアンが仕切り直すように話を戻した。

「幼馴染《おさななじ》みだったKとノゥリがこんな形で再会したのは、運命の赤い糸の悪戯《いたずら》みたいな偶然じゃないってことだよ」

「幼馴染みじゃないけどね」

中野の訂正に坂上の声が被《かぶ》った。

「俺が派遣されたのは、そのとき近くにいたからってだけだ」

「何だよ、いいよ、わかったよ。ちょっとくらいは偶然で、赤い糸の仕業だってことにしといたらいいんだろ！」

「いちいちギャンギャンうるせぇな、これだから負け犬はよ」

新たな煙草を咥えて冨賀が顔を顰《しか》め、その冨賀の煙草を見て新井が渋面を作った。

それはそうと、ダミアンの話が全て本当だとするなら——だ。もしもミハイル・レフチェンコの計画が実現していたら、中野と坂上は兄弟同然に育ったことになる。

予想外のパラレルワールドがふわりと脳裏に広がりかけて、微《かす》かに肌が粟立《あわだ》った。

その奇妙な感覚を振り払うように、中野は誰にともなく声をかけた。

「さて、じゃあそろそろ、基本的なところから訊いてもいい？　誰がどんな理由で、俺や母親を消したがるのか……あぁでも、その前に」

と、一旦《いったん》、窓辺の同僚に顔を向ける。

「職場に相談する前に俺が事情を知っちゃうのは、新井的に問題ない？　契約上の都合だか何だかがあるんだろ？」

「俺はこの場にいなかったことにするから構わない」

意外と雑な意向を聞いて、中野はほかの三人を順に見た。エージェントが不在のフリを決め込むなら、彼以外の誰かに説明してもらうほうがいいだろう。そして幸い、求められなくても喋《しゃべ》りたい男が床にいた。

三人のうち最後に目が合ったダミアンは、そらきたと言わんばかりの面構えで揚々と口をひらいた。

「まぁそりゃあ、俺が適任だよなぁ。ボスのために働くだけの情報屋だの、ノゥリ側の情報しか持ってなさげなエージェントだの、父親の正体も知らなかった殺し屋に比べたら、どうやら一番の情報通みたいだしなぁ。よし、いいか？ ノゥリやカナコが狙われる理由はこうだ。カナコは昔、アレクセイ・ミトロファノフお抱えの問題解決人《フィクサー》だった頃があって」

「待った」

早くもストップをかけざるを得なくなった。

「ミトロ……何だって？」

「アレクセイ・ミトロファノフ。ロシアの新興財閥《オリガルヒ》実業家のひとりで、資源関連産業を中心とする事業展開のほか、国外の民間銀行やら投資会社やらエネルギー関連企業なんかの株式も過半数を保有する、ロシア国内では五本の指に入る大富豪のひとりだよ——いや、だったと言うべきか」

「破産でもした？」

「死んじまったんだよ、去年の暮れに。まぁ、故人の遺志であんまりオープンにされなかったらしいから、日本じゃ知ってるヤツはほとんどいないかもな」

確かに、オリガルヒの訃報なら経済ニュースのどこかでお目にかかりそうなものだけど、少なくとも中野の記憶にはない。

それよりも去年の暮れというと、バーで坂上と出会った時期と重なる。きっとそれも偶然じゃないんだろう。

正面の同居人を見ると目がぶつかった。こちらの胸の裡《うち》を肯定するような色がそこにあるのを確認してから、中野はダミアンに向かって頷《うなず》いた。

「うん。じゃあ、それはもういいや」

「は？　いいって何が？」

「その昔話の部分？」

「いま、はじめたばっかりなんだけど？」

「だって、もう何となく見えてきちゃったからね。察するに、俺の母親がそのカネ持ちの愛人か何かで、彼女を消そうとして殺し屋を雇ったのはそのオッサンの正妻か子ども辺りで、今度は相続問題で俺が狙われてるとか何とか、そんなとこだろ？」

「ざっくり言えば、まぁほぼそのとおりだよ。でも、なんかもうちょっと掘り下げて知りたい気持ちとかないのかよ……!?」

ボロ雑巾めいた外観とは裏腹のテンションで、血だらけの男がビシッと人差し指を突きつけてくる。しかし、ないものはない。

「とりあえず、その昼ドラみたいなストーリーには興味ないね。過去の話はいいから、必要な情報のとこまで適当に飛ばしてくれていいよ」

全くよォ、と冨賀が煙を吐いた。

「どいつもコイツも雁首《がんくび》揃えてこんなヤツを護《まも》ってんだから、どうしようもねぇぜ」

「けど、何かに驚いたり好奇心を見せたりしたら、ソイツは中野じゃなくて偽者だ」

真顔で応じた相席の新井が、片手をひと振りして煙を払う。

「聞いたかよ、ガードにこの言われようだぜ。ここまで熱意のねぇヤツに、よくカネ持ちの御用聞きなんか務まるよな」

熱意がないから務まるんだよ——とは口に出さず、中野は笑顔で受け流した。

プライベートな情報をあれこれ握る御用聞《バンカー》きが熱い好奇心なんか持っていたら、カネ持ち連中は気が気じゃないだろう。ただしソイツはあくまで私見であって、同じ生業《なりわい》でもスタンスは人それぞれだ。

ダミアンが、空になった缶を握り潰《つぶ》して気怠《けだる》い視線を寄越《よこ》した。

「で？　じゃあ昼ドラをすっ飛ばして、どっから話せばいいんだよ？」

「何も知らない俺にそれを訊《き》かれてもね」

中野が肩を竦《すく》めると、窓辺の二人が思案げな顔を見合わせて口々に言った。

「——遺言書じゃないか？」

「まぁ、遺言書だろうな」

何だか知らないけど意見が一致した彼らは、どちらからともなくひとり掛けソファのほうへ目を投げた。

「遺言書でいいだろ」

坂上があっさり賛同するなり、だよなぁ？　と声を上げた殺し屋の元飼い犬が、中野に向き直って速やかにレクチャーをスタートした。

中野の実父、アレクセイ・ミトロファノフの死亡時に開封された第一の遺言書には、こんな内容が記されていた。――自身の死後一年間は後継者を指名せず、ナンバーツーのヴィクトル・グサロフに代理を託す。

後継者の候補は三名。

ひとりは正妻ヴェロニカの長男セルゲイ、二十六歳。

もうひとりは、愛人であるエレオノーラ・アレンスカヤの長男イーゴリ、三歳。

「それと、ミトロファノフ氏にとっては一番上の息子ってことになる、ノゥリ、あんただよ」

「その顔ぶれってさ、俺だけ遠い場所にいてロシア語も喋れないとかじゃない？」

「まぁな、でも関係ないんだろ。何しろアレクセイってオッサンは、良くも悪くも当たり前のことを好まないタイプだったみたいだしな」

「既に十分鬱陶《うっとう》しい話だけど、第一の遺言書ってことは……」

「あるぜ、第二の遺言書が」

「だろうね」

「二通目が開けられたのは半年後で、そこにはこう書かれてた。その時点からさらに半年後、つまりアレクセイの死後一年目に、三人の候補のうち生き残ってたひとりを後継者として認める、と」

「ちょっと待った」

中野は素早く遮った。全く、話が数歩進むたびにストップをかけなきゃならない。

「生き残るって何？　まさか、後継者候補たちで殺し合えってのが遺言なわけ？」

「ま、別に教唆も推奨もしちゃいないけど、本人や関係者たちが極端な行動に走るのは勝手だってとこじゃないか？」

「何その無責任？　ていうか二人とか、もしくは全員残った場合はどうなるんだよ」

「そんときゃ、それぞれのケースに応じた指示《カード》が用意されてるらしいぜ？」

「完全にゲーム感覚だね」

鳩尾《みぞおち》の内側で膨れ上がりつつある不快感を、中野は溜《た》め息《いき》とともに吐き出した。

「後継者なんか普通に正妻の息子で良くない？　あとの二人は誰がどう見ても非現実的だろ」

「さっきも言ったように、親父《おや》っさんは普通を好まない人物だった。ソ連崩壊後のドサクサの尻馬《しりうま》に乗っかって、次々と各方面に事業を拡大し続けた遣《や》り手でありながら、ソイツを達成できたのは実力じゃない、運に助けられてきただけだって公言して憚《はばか》らず、だから後を継ぐ者も運に恵まれてる人物であるべきだって考えてたようだな」

テーブルに一缶残っていたビールに手を伸ばしながら、つまり——とダミアンは続けた。

「親父《おや》っさんが後継者に求めるものは妥当性じゃなくて、生き残れる強運の持ち主だったってことだよ」

「くだらないね。運だの運命だのってのは、自分に言い訳するための妄想に過ぎないのにさ」

「言っとくけどノゥリ、コイツはあんたのパパの妄想だぜ？」

「ほんとは俺のパパじゃないんじゃないかなぁ。そもそもロシアのオリガルヒってさ、なんかこう、厳《いか》つい顔した貫禄《かんろく》あるオッサンたちってイメージなんだよね。こう言っちゃ何だけどルーツを感じないっていうか、自分がどんなに年を取ってもあんなに力強く変身するとは思えないんだよな」

首を捻《ひね》る中野に、窓辺の新井がクソ真面目な声を寄越した。

「残念ながら、お前のパパなんだよ中野。アレクセイ・ミトロファノフ氏は東欧や北欧の血も引いてるから生粋のスラヴ人の特徴には当てはまらないし、髪の毛でDNA鑑定もしたんだから間違いない」

「髪で……？」

いつの間に？　と訊きかけてやめる。髪の毛をいつどこで採られたかなんて知ったところで意味はない。だから代わりに別件を投げ返した。

「ところで新井、ここにいないことになってんのに発言して平気？」

「いないから発言もしてない」

「あ、そういう『ごっこ』でいくんだ。じゃあいいか、先に進んでいいよ」

最後の「いいよ」は、床の上のMCに向けたGOサインだった。

ダミアンが口を開けて渋面を宙に向けた。

「えーと、どこまで話したっけ？　いちいち止めるからわかんなくなるだろ」

「一年目に生き残ってたヤツが後継者になるって辺りかな」

「あぁ、そうそう。まぁそういうわけだよ。で、三日前に愛人のエレオノーラと息子のイーゴリが死んじまったんだ」

彼の話は前置きもなく急展開へとジャンプした。

「亡くなった？　二人いっぺんに？」

「強盗事件の巻き添えを喰《く》らって、親子ともどもな」

「偶然じゃないよね」

「そりゃあ正妻サイドの仕業だろうよ。ヴェロニカは、愛人親子のほうは国内の賞金稼ぎたちに任せてたんだ。フリーランスなら着手金もいらないしな。そんで三日前に、とあるグループが仕留めたんだけど、なんと彼らは着手金どころか賞金にすらありつけなかった」

　事情はこういうことだった。

　賞金を受け取るには『間違いなくターゲット本人を仕留めた』という事実を百パーセ

ント確認できる証拠が必要で、件《くだん》の賞金稼ぎグループはソイツを用意できなかった。

「証拠ってのは……」

「死体だよ。全部が理想だけど、状態やサイズ次第じゃ一部でもＯＫらしい」

「写真じゃ駄目なわけ？」

「何言ってんだ？　画像なんて、このご時世いくらでも捏造《ねつぞう》できるだろ」

まぁ、それはそうだ。

「そのグループは、どうやら死体を回収するタイミングを逃しちまったらしくて、しかも挽回《ばんかい》のチャンスが訪れないまま何故か忽然《こつぜん》と消えたんだ」

「賞金稼ぎたちが？」

「死体がだよ」

「二人揃って？」

「綺麗《きれい》さっぱり、親子ともどもな」

「それも正妻の仕業？」

「そりゃあ、それ以外にないだろ？　証拠の提出がなけりゃ賞金稼ぎごときに大金を払わなくて済むし、浮いたカネを残るもうひとり、ノゥリ抹殺の報酬に上乗せすれば殺し屋たちの士気も高まって一石二鳥ってわけだ」

ダミアンは親指と人差し指で輪っかを作って手のひらを上に向け、やたら整然と並んだ歯を見せてニヤついた。一時は血で真っ赤に染まっていた歯列は、ビールで洗われたのか、いまは眩《まばゆ》いほどの白い輝きを見せていた。

まるでデンタルケアグッズのCMみたいな口もとを見るともなく眺めて、中野は尋ねた。

「でも愛人親子と違って、俺を狙ってくるのは殺し屋組織のサラリーマンなんだよな？　報酬の増額なんて士気に関係なくない？　それとも見事ミッションをクリアしたスタッフにはデカいボーナスが出るとか？」

「そう思うよなぁ、ところがどっこいだ」

得意げな声音とともに人差し指のひと振りが返ってきた。

「ここまでリミットが迫ってんのに、組織がちっとも成果を挙げないことに業を煮やしたヴェロニカは、ついにあんたの首にも賞金を懸けたんだよ、ノゥリ。支払わなかったエレオノーラ親子の分をスライドさせて、金額を倍にしてな」

「あぁ、もしかして、さっきボコボコにされる前に倍額がどうのとか言ってたのは、それのこと？」

「ボコボコにされたってとこは余計だけど、まぁそういうこった」

「ちなみに、俺はいつから賞金首になったんだ？」

「日本時間の今朝、四時頃だ」

答えたのは中野のガードだった。この場にいないはずの同僚に目を遣ると、朝から向けられ続けてきた硬い眼差《まなざ》しがそこにあった。

「──なるほどね。つまりそれが、今日一日だけで耳にタコができるほど言われた、警戒レベルが上がったっていうヤツか」

「そうだ」

「賞金首になったってことは、組織はもうお役御免？」

「いや、そっちも継続してる」

「じゃあ、今後はもっといろんなヤツらがやってきて、相手によってはどっかに死体を持ってかれるかもしんないってことか」

「提出物のことを言ってるなら、それに関してはいままでも同じだった。賞金稼ぎだけじゃなくて組織も、成功報酬をもらうためには中野本人だってことを確認できる証拠が必要なんだ」

「自分が依頼した業者なのに、随分と疑り深い依頼主《クライアント》だね」

説明役が移ったと見たのか、中野と新井のやり取りを聞いていたダミアンが立ち上がって、冷蔵庫から缶チューハイを出してきた。いつの間にか二本目のビールも空けていたようだ。カシュ、と軽快な音を響かせてプルタブを起こすさまを見て、咥《くわ》え煙草の冨賀が目を眇《すが》めた。

中野の正面では、少し眠たげな面構えの坂上がすっかりソファと同化していた。訓練の賜物《たまもの》なのか、こんなふうにしばらく声も動きもないと、驚くほど気配が消えて存在感が希薄になる。

思えばアパートに転がり込んできた頃、大して違和感もなく気づけば存在が馴染《なじ》んでいたのも、彼のこういった『特技』のなせる業だったのかもしれない。

「――でもさ」

中野は同僚に目を戻した。

「俺の本人確認って、日本からロシアに死体を送るわけ？」

「組織ならプライベートジェットでも使うかもしれないけど、某自動車メーカーの元会長が大型荷物に化けて国外逃亡した事件以来、保安検査が義務化されたってのもあるしな。遺体搬送の書類は偽造するとしても、手続きが面倒だし余計な時間もかかることを考えたら、頭だけ運ぶのが現実的なんじゃないか？　首から上くらいなら輸送手段はいくらでもあるからな」

事も無げに言った同僚も、人間の頭を運んだ経験くらいはありそうだった。

いずれにせよ、これでひとつ腑《ふ》に落ちた。

一介のリーマンを消したければ、いちいち人目のないロケーションを狙って至近距離まで近づいてこなくたって、遠くから狙撃《そげき》するなり、通勤ラッシュ時の地下鉄ホームで通りすがりに致死性の薬物を注射するなり――ホームドアというものが普及している昨今、線路に突き落とせる駅は少ない――手っ取り早い手段がいくらでもあるはずだ。なのに何故そうしないのか。ずっと感じてきた疑問が、やっと氷解した。死体の回収までがミッションとなれば、時と場所を選ぶ必要があるんだろう。

冨賀が短くなった煙草をつまんで言った。

「ちなみに聞いた話じゃ、あんたの首に懸かってる賞金は百万ドルになったとか言われてるぜ」

「ガイアナ・ドル？」

「――は？」

中野の反応に、情報屋は口を開けて向かいのエージェントを見た。ガイアナ共和国がわからなかったのか、ガイアナのレートがわからなかったのか、それとも「何言ってんだコイツ？」というリアクションだったのか、どれとも知れない。

相棒の視線を受けとめた新井が、こちらに目を寄越《よこ》して溜《た》め息《いき》を吐いた。

「米ドルだよ」

「ただのリーマンを殺すだけで、百万米ドル？」

「ただのリーマンじゃないっていう自覚が少しはできたか？」

「いや。けど確かに百万ドルって、単なる庶民リーマン殺害の報酬としては破格すぎる金額だと思うけど、一生かかっても遣い切れないような金額かなぁ」

「誰がそんなこと言ったんだ？」

中野は、カーペットの上で缶チューハイをグイグイ呷《あお》っている男を指差した。

「さっき隣の部屋に引っ込む前に、彼がそんな感じのこと言ったと思うんだよね」

が、テーブルにいる二人は目を交わして首を捻《ひね》っている。彼らは、その発言の前後で頭に血がのぼっていたから聞こえていなかったのかもしれない。ひとり坂上だけが、熱のない口ぶりをポンと放った。

「言ったな」

携帯灰皿に煙草を捩《ね》じ込んだ冨賀が、床の男をチラ見して鼻で嗤《わら》った。

「百万ドルを遣い切れねぇって？　意外に慎ましやかな生活を送ってんのか、見かけによらず余生の短《みじけ》ぇジジィなのか、どっちなんだ？」

「まぁそりゃ、ちょっとくらい話を盛ったかもしれないけどさ」

ダミアンが肩を竦《すく》めた。

「だってしょうがないだろ？　デカいカネに換金できるチップが目の前に転がってるってのに、誰ひとり有効活用しようってヤツがいないんだからさぁ。そりゃあ、つい熱くもなるぜ」

「そんだけボロボロにされてて、よくまだそんな戯《ざ》れ言《ごと》が出てくるな」

「ボロボロにされたいド変態だから当然なんじゃないか？」

冨賀の呆《あき》れ声に新井の冷ややかな侮蔑《ぶべつ》が続き、中野も口をひらいた。

「まぁ、遣い切れない額ってのが誇張だったことはわかったよ。どうでもいいけどね。でも、そんなカネをかけなくたって、俺がゲームから降りれば済むことだろ？」

ところが全員から、思い思いのジェスチャによる「ノー」の表現が返ってきた。

代表して新井が答えた。

「残念ながら、プレイヤーが勝手に辞退することは許されてない。リミットの一年目を迎えるか、じゃなきゃ全員一致で平和的解決を目指そうってことにでもならない限り、終われないんだ」

「つまり、ひとりでもやる気満々なのがいたら終わらないってことか……あぁ、そっか。だから、亡くなった愛人ってのも抜けられなかったんだな。息子が三歳とか言ってたから違和感はあったんだよ。そんな小さい子を後継者に据えようなんて本気で考えるとも思えないし、嫌々巻き込まれてたっていうなら――」

仕方ないのか。

中野がそう締め括《くく》る寸前、違うね！　とダミアンが割り込んできた。

「エレオノーラが狙ってたのは、息子を後継者にすることじゃない。ヴェロニカとノゥリを消して、セルゲイの妻の座に収まるのが目的だったんだ」

「セルゲイ――？　って、ヴェロニカの息子だっけ？　いくら何でも無理がない？」

「それが全然そうでもないんだな。何たって彼女はまだ二十八歳だった。二十六のセルゲイとなら、ほんのちょこっと姉さん女房ってだけだろ？」

「二十八歳？　俺の父親だっていうオッサンは一体いくつだったんだよ」

「死んだとき六十九歳だったから、仮にいま七十としたらエレオノーラとは四十二歳差だな」

八月で三十八歳になった中野が、四年後に生まれてくる子とつき合うようなものだ。

「待った。その小娘みたいな愛人も、まさか百万ドルなんていう報酬を出して対抗したわけ？」

「エレオノーラ自身がオリガルヒのひとつであるアブディエフ家の妾腹《しょうふく》の子で、そこのジジイが、あわよくばミトロファノフの事業を乗っ取ろうって肚《はら》で彼女を愛人として送り込んだとか何とか、以前からそんな噂があったみたいだぜ。だからまぁ、邪魔者を消すための小銭くらいは、そこから出てたんじゃないのか？」

どいつもコイツも全く、カネと欲の権化か――

もうコメントする気も起きなかったけど、いまさら呆れることでもない。資産というヤツは馬鹿みたいに中毒性の高い物質だ。

持つほどに執着が増して、守り、殖《ふ》やし、奪われる不安に駆られ、ときには奪い、膨張していく数字を愛《め》でて自慰行為に耽る。その悪循環をやめられない依存症は、場所や時代を問わず蔓延《まんえん》し続ける人間特有の病だろう。

「なら、いままで現れたヤツらの中には、愛人が雇った刺客もいたかもしんないってこと？」

「ソイツはどうだろうなぁ。ヴェロニカと違ってリアルのカナコを知らないエレオノーラにとっちゃ、とうの昔にロシアを去った極東の愛人親子なんてツチノコみたいな伝説だろうし、とりあえず後回しにしてたんじゃないか？　ま、エレオノーラにその気がなくても、アブディエフ家が派遣してたって可能性はあるけどな」

「そんなヤツら相手に、ロシア語もわからず拒否権もない一介のジャパニーズリーマンが、どう闘えって言うんだよ？」

「だからガードがいるんだろ？」

顎《あご》を振ったダミアンの視線を追って同僚の目とぶつかった。

確かに、一介のジャパニーズリーマンに鉄砲を振り回すようなガードがついているってのも、普通とは言えない。

「新井たちはどんなふうにかかわってんの？　職務上まずいなら答えなくてもいいけど」

「俺はここにいないことになってるから、別に構わない」

事も無げに言って幽霊の身分を決め込んだ新井は、もはや躊躇《ためら》う素振りもなく経緯を語りはじめた。

「五年前、とある病気で余命宣告を受けたミトロファノフ氏は、仲介ルートがわからないくらい複雑なツテを経由して、うちの会社に中野のガードを依頼してきたんだ」

そして年齢や経歴、その他の諸条件から新井が担当することになり、中野の勤務先に社員として潜り込んだ。

一方、ヒカルのほうは以前にも聞いたとおり、研修の一環で一時的に参加しただけだった。が、この案件と相性が良さそうだという上の判断で、別のミッションに就いていたシンガポールから呼び戻された。

「ヒカルの何を誰がどう見て、相性がいいなんて判断になったんだよ」

「さぁな。詳しいことは聞かされてない」

「ていうかさ、なんで余命宣告を受けたからって、長年異国に放置してた息子に突然ガードをつけようなんて発想になるんだ？」

「それも、直接依頼を受けた上の人間しか知らない情報だ」

だから、これは俺の仮説に過ぎないけど――と前置きしてから新井は続けた。

「自分の死を悟った大富豪が、人生最後の余興として……いや、死後の余興と言うべきか？　とにかく遺産相続ゲームなんてものを思いついた。ただし、ひとりだけカネもチカラもないプレイヤーがいる。そこでハンデを与えるためにガードをつけたとか、そんなところじゃないかと思ってる」

「それは、一種の優しさと受け取るべきなのかな。でもガードってのはあくまで、襲ってくる敵を排除するだけなんだろ？」

「そう。残念ながら、積極的にライバルプレイヤーを斃《たお》す権限は与えられてない。攻撃されたときの防御と反撃しかできないんだ」

「警察か、どっかの国の防衛組織みたいだね。で、迎撃しかできないガードをつけたっていうだけの契約内容を、どうして俺に隠さなきゃいけないのかな」

「決まってんだろ？」

すかさず返ってきた揶揄《やゆ》気味の声は、同僚じゃなく情報屋のものだった。

「一番見込みのねぇ大穴は、下手に小賢《こざか》しく立ち回ったりせずに右往左往してくれたほうが面白《おもしれ》ェからだよ。何にも知らねぇのんきな王子様を、雇われ騎士《ガード》たちが四苦八苦しながら護《まも》りきれるかどうか。ま、一種のサブゲームみたいなモンだ。親父《おや》っさんの考えそうなこったろ？」

——ってのは俺の仮説だけどな、と冨賀が新井の言葉を真似てニヤついたところへ、ダミアンが気安い口ぶりで会話に戻ってきた。

「けど、おとっつぁんがガードをつけた理由はさぁ、さっきノゥリが言ったように実際少しくらいの優しさはあったかもしれないぜ？」

とっくに缶チューハイも飲み終えたらしく、胡座《あぐら》を掻《か》いたまま後ろに両手を突いた姿勢でリラックスしきっている。窓辺のコンビの手であれだけズタボロにされておきながら、すっかり場に溶け込んでいる姿に、呆れを通り越して感心すらおぼえてしまう。

マグネシウム合金のように軽くて強いメンタルを持つ男は、マイペースそのものの面構えで中野に目を寄越《よこ》した。

「何しろ、カナコの妊娠がヴェロニカにバレたときも、妻の魔の手から逃がすためにアレクセイが日本に脱出させたって話があるくらいだしな」

「なのに、四十二歳下のうら若き愛人が子どもを産むときは、のんきに国内に放置してたりする？」

「そこは嫡子がいたかどうかの差じゃないかなぁ。カナコんときと違って、エレオノーラが妊娠した頃には既に成人してる息子《セルゲイ》がいたから、ヴェロニカも余裕ぶっこいて大人しくしてられたんじゃないのか？　まぁそれもダンナの遺言を知るまでは、だけどな」

中野は少し考えて、小さく首を傾けた。

「さっきから聞いてると、どうもヴェロニカの行動ってブレが感じられるんだよなぁ。俺の母親が妊娠したときは、相手が遠い島国に逃げ帰ったくらいで諦《あきら》めたくせに、十年以上経って急に殺し屋を送り込んできたわけだろ？」

そのプランが失敗に終わると、今度は争続ゲームの開始まで四半世紀も大人しくしていた。どちらのプランクも、現在の徹底した貪欲《どんよく》さを思えば、もっと早くリトライしていてもおかしくないだろうに――という違和感が拭《ぬぐ》えない。

「はぁん、そこな」

ダミアンが気の抜けた相槌《あいづち》を漏らしながら、胡座の脚を組み替えた。

「カナコが逃げ帰った当時はヴェロニカもまだ若かったから、単に詰めが甘かったんじゃないか？　で、十年以上も経って刺客を送った理由についちゃ、ミハイルが派遣された時期はセルゲイが生まれたタイミングと重なるんだ。つまり長男の誕生を機に、忘れかけてた愛人とその息子への危機感が再浮上したとか、そんなとこだろ。けど、その次の、ミハイルがしくったとこからダンナが死ぬまでの長期間、彼女が大人しくしてた理由なら知ってるぜ？　憶測じゃなくてな」

思わせぶりな目つきで全員の顔を一巡した男に、冨賀の舌打ちが飛んだ。

「いちいちもったいぶらずにさっさと言えよ」

「これだから全く、せっかちな短気はしょうがないなぁ。情報の偽装だよ。ミハイルが消されたのと前後して、カナコとノゥリも死んだものと思われてたんだ」

だからヴェロニカが何もしなかったんだ、とダミアンは言い、さらに続ける。

「ただ、アレクセイ・ミトロファノフは二人が生きてることも、のちにカナコが事故死したことも知ってたみたいだな。一方、長年まんまと死亡説に騙《だま》され続けたヴェロニカは、ダンナの遺言でようやくノゥリが生きてることを知ったわけだ。そりゃあ、可愛さなくて憎さ百倍、二通目の遺言に何が書かれていようが関係ない。何しろソイツは腐っても長男だ、自分や息子を脅かす芽は刈り取るに限るよな。てなわけで――」

一通目の遺言書が開けられた時点でさっさと手を打つことにして、『K』が派遣された。ヴェロニカのブレに関するダミアンの考察は、そんなふうに締め括られた。

なるほど、と中野は思った。彼女が偏執的なほどターゲットの本人確認をしたがるのも、その死亡説が原因なのかもしれない。夫や偽装に欺かれてきた経験から猜疑心《さいぎしん》の塊になったというなら、まぁ頷《うなず》ける。

新井がこちらを見て口をひらいた。

「その偽装について、何か思い当たるフシはあるのか？」

「まさか」

あの家から引っ越したあと、自分たち親子が死んだことになっていたなんて夢にも思わなかった。引き取ってくれた叔父《おじ》は何か知っていたんだろうか？

冨賀が思案げな面構えで首を捻《ひね》った。

「けど、フィクサーひとりにそこまで巧妙な偽装工作ができるもんなのか？　ミハイルと二人で準備したとしても、彼氏は道半ばで死んじまったわけだよな。なのに、それだけ長いこと世間を欺《だま》し続けられたってのは、ほかに協力者でもいたんじゃねぇのか」

「さぁ？　そんなことまでは俺も知らないよ？」

ダミアンがさっさと回答を放棄すると、Kのお抱え情報屋は小馬鹿にしきった顔で指に挟んでいた煙草を振った。

「なんだ、その程度か。大したことねぇな」

「だって組織が摑《つか》んでる情報しか持ってないんだからしょうがないだろ？　それに俺しか知らなかったこと、ここまでいっぱいあったよな⁉」

「ま、お前の情報なんて所詮《しょせん》、飼い主だった女からのおこぼれだもんな」

「だけじゃないから！」

小学生の口喧嘩《くちげんか》みたいな小競り合いを前に、坂上は相変わらず我関せずの体を貫き、新井がうんざりした顔で首を振り、その同僚に向かって中野は尋ねた。

「そういや、新井たちの会社が報酬のために一年待ってるとか、そんな話もなかったっけ？」

「あぁ、まぁな」

「五年も前から契約してんのに、一年後まで報酬をもらえないわけ？」

「そうじゃないんだ。契約時に着手金も支払われたし、代理人を通じて年額の基本料金も支払われてる。それとは別に、ミトロファノフ氏の死後一年目に中野が無事だった場合、お前個人に支払われる予定のカネがあって、うち一パーセントを成功報酬としてうちの会社がもらうことになってるんだ」

「命を懸けてんのに、たった一パーセント？」

何気なくコメントした途端、坂上まで含む全員が一斉に微妙な眼差《まなざ》しを寄越した。

「うん……？　何？」

「中野」

新井が神妙な面構えで口をひらいた。

「お前が受け取るのは十億ドルだ」

「へぇ、そう——ん？」

右から左に流しかけた額面を脳内に引き戻すと同時に、同僚がつけ足した。

「米ドルだからな」

「まぁ、だろうね」

「その生存給付金が、ソイツが言ってた一年計画の正体だ」

ボコボコにされる前のダミアンが、坂上に向かってこう言っていた。一年目が過ぎて大金が転がり込むのを待ってんだろ？——と。

確かに、その額面を掠《かす》め取ることが目的だったなら、手間暇かけて危険を冒し、中野を護る対価としては十分すぎるくらいだろう。だけどもちろん、彼の行動が『笑裏蔵刀』じゃないことは既にわかっている。

「まぁでも、俺はそんなカネいらないな。相続ってただでさえ面倒なのに、海外資産が絡んだら余計に面倒だしね」

中野が言うと、煙草に火を点《つ》けようとしていた冨賀がライターを擦る指を滑らせた。

「おい、マジで言ってんのか？」

「だって、その財産がどんな形でどこにあるのか知らないけど、果てしなく面倒な予感しかしないし。もらわなければやらずに済む煩雑な手続きなんかも、わざわざ好き好んで背負《しょ》い込みたくないよ」

「面倒面倒って連呼すんなよ、どうせ日頃からカネ持ち連中の面倒なカネの動きをどうにかしてんだろ？　それこそわざわざ好き好んでそんな仕事してるくせに、夕方五時前に急ぎでもねぇ書類の束を今日中にやれとか言って渡された新卒男子みたいな顔するんじゃねぇよ」

「自営業なのにリーマン社会の住人みたいな喩《たと》えを持ち出すのはやめてくんないかな。仕事は仕事だからやってるだけで、自分のこととなったら別だよ。しかもそんな、国税庁の熱い視線を浴びそうな金額を動かしてて、途中でうっかり違法な争続ゲームの存在が明るみに出たりしたら、どうなると思う？」

これには新井が応じた。

「懸念が先立つのはわかるけど心配する必要はない。ミトロファノフ氏が分散して持ってた偽名のオフショア口座のうち、いくつかを経由させて代理人が——いや、とにかく中野がソイツをもらってくれないと、俺たちの仕事にも支障が出るんだ」

成功報酬獲得の使命を負ったエージェントの訴えに、中野は溜《た》め息《いき》を吐いた。

「そもそもそれって、どういう名目のカネなんだよ？」

「乏しい装備で勝ち残った快挙へのご褒美だろ？」

そう応じたのは富賀だった。

「ガードもこう言ってんだし、四の五の言わずに頂戴《ちょうだい》しときゃいいじゃねぇか」

「くれるならくれるで、もっとささやかな額にしてくれたほうがごまかしやすいし気楽なんだけどなぁ」

「そりゃあ金銭感覚の違いだな」

さっき点火しそびれた穂先にようやく火を点けて、情報屋はこう続けた。

「フォーブスの世界長者番付じゃ五十位にも届かねぇオッサンだとは言え、公表されてるのはあくまで表向きの数字だ。実際の資産額は四百億ドルを下らないとも言われてる」

「何その、国家予算とかに出てきそうな数字？　ますますかかわりたくないし、そんな事業を継がされるなんて断固お断りだね」

「な？」

と、謎の同意を求めたダミアンに全員の目が集まった。

「だからぁ、Kが組織を裏切ってノッリを独り占めしようって考えても不思議じゃないだろ？　ってことだよ。こんな欲のないヤツに転がり込んできたカネを横取りするなんて、赤子の手を捻るより簡単じゃないか。なのに取り分一パーセントぽっちの警備会社まで馬鹿正直にガードなんか派遣して護《まも》らせてんだから、全くどいつもコイツも呆《あき》れるよな」

「まだ言ってんのかテメェ、どんだけ殴られりゃ懲りんだよ？　らしくもなくKがグダグダ悩んで打ち明けられずにいたってのに、アッサリ台無しにしやがってよ！」

「うちは賞金稼ぎの会社じゃないって何度言わせるんだ？　今日ここにいないメンバーも含めて全員、中野を護るっていう以外の選択肢なんかない」

揃って表情を険しくした窓辺のコンビのうち、冨賀が片割れを見て渋面を作った。

「俺は好きで護ってねぇけどな」

が、エージェントは素知らぬ顔だ。

男たちの憤慨を気にする素振りもなく、ダミアンがさらに面白半分の声音を垂れた。

「そうやって鼻息荒く意気込んでるけど、残りひと月、されどひと月、どうなるか見ものだよな。何ならチームの腕試しを手伝ってやってもいいぜ？　俺の情報ひとつで狩り場に殺到してくる密猟者たちを、あんたらがどんなふうに捌《さば》くのか……」

言い終わらないうちに二つの銃口が男を黙らせた。

新井と坂上、両者の鉄砲が同時に床の男めがけて狙いを定め、武力を武器としない冨賀は咥《くわ》え煙草の煙に目を眇《すが》めて静観していた。

「ちょ、やだなぁ冗談だよ、冗談」

ダミアンがホールドアップのポーズを見せてからおよそ十秒後、新井がうんざりした様子で銃を収めた。しかし、もう一方の銃口は微動だにしない。

「悪かったって、なぁK。俺を地獄から救い出してくれたあんたに不都合な真似なんかするわけないだろ？」

「救い出されたことを後悔したくなかったら言葉に気をつけろ、行動にもな」

同居人の抑えた恫喝《どうかつ》を、中野はテーブルの対岸から感慨深く見守った。

庭の片隅で膝《ひざ》を抱えていた半ズボンの幼児が、こんなことを言う大人に成長するんだから――全く、時の流れというのは摩訶不思議《まかふしぎ》なエンタテインメントだ。

「始末するのはもう少し先でも遅くねぇだろ、K」

冨賀が声を挟んだ。

「こんなボロ雑巾《ぞうきん》みたいなヤツでも、まだ二、三杯は出せるティーバッグだ。こうなったら持ってるモン全部、カラカラに干からびるまで搾り取ってやろうぜ」

「俺、Tバックは穿《は》いたことねぇよ？」

間延びしたダミアンの反論に坂上が息を吐いて、ようやくセイフティをオンにした。張り詰めていた空気が弛《ゆる》むと、中野は全員を見回して誰にともなく尋ねた。

「ここまでの話以外に、俺が知っておくべきことは？」

「そうだな……」

新井が言って、冨賀と坂上を掠《かす》めた目をこちらに向けた。

「とりあえず、こんなものじゃないか？」

「じゃあ、そろそろ解散しない？」

「いいけど、ソイツをどっかに移動させなきゃいけないんだろ？」

訊《き》き返されて、殺し屋の元飼い犬をどこかに運ぶという当初の目的を思い出す。

「そっか、忘れてた」

「どこまでも自分本位なヤツだよな」

呆れ顔の冨賀が携帯灰皿に灰を落として、坂上に顔を向けた。

「で？　K、そのクソ野郎をどこに置いとくんだ？　ここから近いとこなら大久保《おおくぼ》か巣鴨《すがも》か？」

二つの地名は、匿《かくま》うか閉じ込めるかしておけるような設備がある場所なんだろう。

が、坂上は首を振った。

「いや、アンナの知り合いに預ける。神楽坂《かぐらざか》にちょうどいい人物がいるらしい」

「神楽坂だぁ？　そんな野郎にはもったいねぇエリアだけど、だったら目と鼻の先じゃねぇか。さっさと置きにいって帰ろうぜ」

いいね神楽坂、と、預けられる当人が乗り気な様子で立ち上がった。

「隠れ家レストランとか老舗《しにせ》の小料理屋とか、その手の店のオーナーだったら言うことないな」

「――――」

声を弾ませるボロ雑巾みたいな男を、新たなご主人様がどこか含みのある無表情で眺めていた。

うっかり壊した備品代は請求書を送ってもらうことにしてホテルをチェックアウトし、男たちは情報屋のクルマで神楽坂を目指した。

アンナに紹介されたという目的地に到着すると、これがなんとダミアンの希望どおり、住宅地にひっそりと紛れる隠れ家フレンチレストランだった。

クルマ一台通るのがやっとの路地に面した昭和レトロな民家で、一階を改築した店舗のドアには『Closed』のプレートがかかっている。飼い犬《ダミアン》を連れてその向こうに消えた坂上は、ものの数分で戻ってきて助手席に乗り込んだ。

目白台に向かって出発した車内で、ステアリングを操りながら冨賀が尋ねた。

「あんなヤツを引き取るなんて、どういう店なんだ？」

「さぁな。店は普通のフレンチなんじゃないのか？　アンナによれば著名人にも熱烈な常連客《ファン》がいるって話だ。ただそっちは表の顔で、オーナーシェフが人間を躾《しつ》けるプロらしい」

「何だそれ、マジか。アンナのヤツ、そんな知り合いまでいんのかよ。いやアイツならいても不思議はねぇけど……で、そのこと、ダミアンは知ってんのか？」

「これから知るだろ」

「どんなヤツだった？」

「髭面《ひげづら》のフランス人」

中野は二列目のシートで彼らの会話を聞き流しながら、隣に座る同僚に声をかけた。

「そういえばスーパーで買い物してたとき、俺が事情を知るために話し合うつもりだって言ってたけど、早々に手間が省けたね」

中野に事情を明かすよう、新井サイドから坂上に持ちかけてみる、と卵売り場で話していた件だ。

「あぁ、そうだな。予期しない力業《ちからわざ》だったけど、まぁ結果オーライだったのかもな」

「でも新井さ、契約内容は頑《かたく》なに隠してたのにガードっていう立場は既にカミングアウトしてただろ。あれはOKだったわけ？」

「ガードだって言うなとは契約書に書かれてない」

「何だか屁理屈《へりくつ》っぽい点は置いとくとしても、そのわりに五年も素性を隠してきたよな？」

「危険が迫ってるとも知らずに何事もなく暮らしてるとき、俺はお前を護るためにやってきた、なんて突然言われたらどう思うんだ？」

「メンヘラかなって思うね」

運転席で冨賀が吹き出した。坂上の反応はない。

「そうだ。ひとつ、訊くのを忘れてたんだけど――」

中野はふと、新井から前の二人へと目を巡らせた。

「ノゥリって名前は誰のネーミング？」

尋ねた途端、肉食系の情報屋と草食系のエージェントが完全にハモった。

「組織」

冨賀屋酒店でクルマを乗り換えることになった。荷物は運び終えたし、もうデカい商用バンも黒い窓も必要ないからだ。

冷蔵庫の荷物を取ってくる、と姿を消した冨賀が、ほどなくスーパーの袋を右手に提げ、ボトルビールの二十四本ケース二箱を左肩に担いで戻ってきた。ひとつはKに、ひとつは新井への土産だと男は言った。

ステーションワゴンで酒屋を発つとき、今度は助手席に新井が座り、坂上はリアシートで中野と並んでいた。順当にいけば幡ヶ谷《はたがや》在住の新井より中野たちが先に降りるはずだから、そのほうがいいだろうという、単純な配置だった。

――なのに、だ。出発してほどなく、本日最後の新事実が判明した。いつの間にか、新井が中野坂上に引っ越していた。

アレクセイ・ミトロファノフが他界したあとすぐに移ったというから、既に一年近いことになる。つまり、坂上がアパートに転がり込んできたのと同じ時期だ。

「その頃から、お前んちに誰か出入りしはじめたのはわかってたんだ」

助手席からチラリと目を寄越《よこ》して同僚は言った。

しかし当の『誰か』をいくら尾《つ》けても、毎回撒《ま》かれてしまう。只者《ただもの》じゃないことだけはわかっていても素性が知れない。それでも、中野に変わった様子がなくのほほんとしているから、事を急がず慎重に状況を窺《うかが》ううちに、二通目の遺言書が開けられた。

「そのタイミングで、アパートで騒動があって引っ越しただろ？　あれで上が急に、ソイツが何者なのかすぐに摑《つか》めって騒ぎ出して……」

「うん？」

「何を思ったか、落合さんを呼び戻すことにした」

「いやほんとに、何を思ったかだね」

クルマが豊島区《としま》に入った。二十三時台という時刻のせいもあってか、目白《めじろ》通りは閑散としている。

「もともと、中野んとこにいるのはKなんじゃないかって説が浮上してはいたんだ。けど、なかなか確証を摑めずにいたもんだから、無鉄砲な突破口として落合さんが起用されたんだろうな」

「ヒカルが無鉄砲な突破口になったのは、まぁ否定しないけど」

中野は肩を竦《すく》めた。強引に押しかけてきて勝手に屋内を探検し、ちゃんと『謎の同居人』を確認した上、撃ち合いまでして帰っていった元カノの功績を否定はしない。

「それにしても、一年も近所に住んでたら一度くらい駅で会っててもおかしくないのに、よくいままで隠せてたよね」

「中野の単調な生活パターンを把握するぐらい、わけないからな」

「どこらへんに住んでんの？」

「そのうち教える」

ルームミラーの中で冨賀の目がニヤついた。

「いっそのこと、そっちの部屋で一緒に住んだらいいんじゃねぇか？　もう状況も明らかになっちまったことだし、ガードと同居でも不都合はねぇだろ？」

揶揄《やゆ》混じりの声が途切れた直後、酒屋を出てからずっと無言だった坂上がボソリと漏らした。

「前見て運転しろ」

それから車内はしばらく沈黙し、やがてフロントシートの二人が何事か話しはじめた。今夜初対面を果たした対照的な彼らは、どうやら案外馬が合うようだ。

ワンブロック隣の角で中野たちを降ろしたあと、ステーションワゴンは山手通りの方向へ走り去った。

ひと気のない住宅地は静かで、初冬の夜のしんと冷えた空気が一層纏《まと》わりついてくるように感じられた。坂上とともに近所を迂回《うかい》して帰宅するまでの間、結局誰にも出くわさず、互いに声もなかった。

いづみ食堂の地下に降りると、中野は無事に持ち帰ったスーパーの荷物を手早く整理した。その間に、同居人はテレビをオンにして早々に土産のビールを開けていた。

「で、ごはんはどうする？　オムライス食べる？」

キッチンから投げた問いに無言の目が返ってきた。その、やや上目遣いの眼差《まなざ》しは、こんなふうに言いたげな色合いだった。

――揶揄《からか》ってんのか？

きっと、ホテルで明らかになった思い出話のせいだろう。

「別に、いままでひとりで楽しんでたことを引き合いに出そうなんてつもりはないよ。今日は最初からオムライスのつもりで買い物してたんだ」

「別に何も言ってねぇし、いままで楽しんでもない」

「真相はどっちでもいいけど、もし気持ち的に引っかかるなら何か別の――」

「食う」

坂上は短く言ってテレビのリモコンを引き寄せ、次々にチャンネルを変えはじめた。途中で賑《にぎ》やかなざわめきが聞こえてきて、珍しくバラエティ番組でも観るのかと思ったら、最後はやっぱり動画配信サービスの銃撃戦に落ち着いたようだ。何だかんだ言っても、身体に馴染《なじ》んだサウンドが子守唄《うた》みたいに安心できるのかもしれない。

中野は着替えてキッチンに戻り、出勤前にタイマーをセットしておいた炊飯器の蓋《ふた》を開けた。ふっくらと炊き上がっていた中身を天地返しして、鶏《とり》モモ肉のパックを開ける。こんなときこそウインナーがあれば良かったけど、残念ながら今日はストックがない。だけど幸い、ピーマンとコーンはあった。

「そういえばさ」

シンクの前から声をかけると、坂上がこちらを向くのがカウンター越しに見えた。よく聞こえなかったのか、リモコンを探る仕種《しぐさ》のあとドンパチのボリュームがダウンする。

「ホテルのベッドルームで言ってたよね。連れ去られた十年後に戻ってきたとき、昔の家を見にいって俺を見かけたって」

「あぁ……？」

「声かけてくれたら良かったのに。その年頃のあんたも見てみたかったなぁ」

反応はなく、彼は無言で手の中のボトルに目を落とした。

答えがないのは珍しいことじゃない。だから中野もそれ以上は言わずに鶏モモのカットを再開したとき、抑えた呟《つぶや》きが聞こえてきた。

「あのとき……」

「うん？」

「――何でもない」

「だから何でもねぇって。それよりあんたこそ、いつから中野なんて苗字《みょうじ》になったんだ？隣に住んでたときは違う名前だったよな」

明らかに話を逸《そ》らすのが目的のような口ぶりではあったけど、向けてくる目と声は何故か責めるような気配を孕《はら》んでいた。

「あれ？　そんなの、もうとっくに知ってんのかと思ってたよ」

「前に、冨賀に経緯を調べさせたけど何もわからなかった」

「情報屋でもわかんないことがあるんだね」

「アイツにも得手不得手はある。それにさっき聞いた話だと、誰も彼も騙《だま》されるくらいの偽装工作をしてたんだろ？　しょうがねぇよ」

「珍しくフォローするね」

「ただの客観的事実だ」

放るような声音は言葉以上に素っ気ない。

ビールを貢がせたり、デカい荷物を運ぶための足を用意させたり、さんざん便利に使っているわりに、そんな献身もどこ吹く風のように見える。

「ひとつ訊《き》いていい？　彼はあんなにあんたに尽くしてんのに、なんで扱いがぞんざいなんだよ？」

「別に。昔、ちょっとな」

「昔ちょっと、何？」

「あいつとは信用ならねぇ知り合い方をしたってだけで、いまそれについて話したい気分じゃない。そんなことより、いま質問してたのは俺だろ？」

「そうだね。俺の苗字が変わった話だっけ」

コーン缶を開けながら、中野は速やかに軌道を戻した。

「あの家から引っ越したあと、母は事情があって一緒にいられないとか言って、俺を叔《お》父《じ》さんに預けて行方をくらましたんだ。それからしばらくしたら、今度は名前を変えたほうが安全だとか言われて、叔父さんと養子縁組して中野姓になったってわけ」

「その事情とか名前の安全ってのが何なのか、訊かなかったのか？」

「訊いてないよ。何かヤバいことが起こってるんだろうとは思ったけど、知ろうが知るまいが、どうせ中学生の身では従う以外の選択肢なんかないからね」

以来、母は忘れた頃に現れてはまた姿を消すという不審な動きを何度か繰り返し、中野が中学三年生の秋に事故死の報《しら》せが届いた。

坂上が言った。

「事故死って何だったんだ？」

「詳しいことは知らないけど、東欧だか中欧だかのどっかで列車事故に巻き込まれたとかで、遺骨になって帰ってきたよ」

「おかしいと思わなかったのか」

「まぁそりゃ思ったよ？　でも、それまでだっておかしなことだらけだったし、叔父さんも何も言わなかったからね。言わないってことは知らせたくない理由があるか、何も知らないかのどっちかなわけだから、無理に聞き出すことでもないし」

「叔父さんってのは、もちろん母方のだよな。なんで未婚のお母さんと苗字が違ってたんだ？」

「あぁそれは、彼らが子どもの頃に両親が離婚して別々に引き取られたからだって聞いてたけど、こうなってくるとわかんないな。俺は叔父さん以外の親戚《しんせき》とは会ったことがないし、それどころか話を聞いたこともない。叔父さんですら、預けられたときが初対面だったんだ。これで彼が実の叔父じゃないとか、母親が本当は事故死じゃなかったとか言われても、もう驚かないね」

「もうっていうか、あんた驚いたことなんかあるのか」

「え？　やだな。今日ホテルで聞いた話だって、どれもビックリしたよ？」

特に驚いた点のひとつは坂上の年齢が詐称じゃなかったことだ、とは口にしない。

「そうそう。あんたが俺を見かけたっていうとき、一緒にいたのが叔父さんだよ」

かつて母と住んでいたのが実は叔父の持ち家で、引っ越したあとも彼が所有していたという事実を、あの当時に初めて聞かされた。中野が就職して独立するのを機に流浪の生活をはじめる、と叔父が言い出したタイミングだった。

あの家も処分することにしたから最後に見にいこう。――そう誘われて、一度だけ二人で訪れた。まさか、そのときにピンポイントで坂上とニアミスしていたとは。

「叔父さんは健在なのか？」

坂上が訊いた。

「元気に島暮らしだよ」

「島？」

「そう、島好きでね。最初は国内の離島をあちこち転々としてたのが、途中から海外に出てって、いまはどこだろう？　ちょっと前にはインドネシアのどこかにいるみたいだったな」

ふぅん、という相槌《あいづち》のあと彼は沈黙し、ボリュームを絞っていたテレビが微《かす》かにザワつき出した。チラリと画面を覗《のぞ》くと、薄暗くてだだっ広い倉庫を舞台に、ＦＢＩとテロリストグループが銃撃戦をはじめたところだった。常識的に考えたら絶対に撃たれているはずの局面でも、何故か軽装のメインキャラたちだけは鉄則どおり被弾しない。

画面の明滅に目を投げたまま、坂上がポツリと声を漏らした。

「あの家は……」

「うん？」

「いまはどうなってるんだ？」

「さぁ、どうだろう。手放した頃はまだそんなに古い家でもなかった気がするけど、さすがにもう新しい家かアパートでも建ってんじゃないかな」

言いながら、記憶に沈む情景を手繰り寄せる。

白い壁、赤いスレート葺《ぶ》きの屋根。庭木の緑とコンクリートの塀に囲まれた、二階建ての一軒家。

「ていうかあんた、今夜はいつになく知りたがりだね。ホテルでベッドルームから戻るとき、俺に訊きたいことがあるって言ってたけど、もしかして苗字の件？」

答えはなく、坂上はテレビに目を据えたままボトルビールを呷《あお》っている。

中野は肩を竦《すく》めてフライパンを取り上げ、ふと考えた。そういえばオムライスのソースをデミグラスとチーズのどちらにするか、まだ確認していなかった。だけど思い出の味に準じるなら、やっぱりケチャップだろうか？

調理に入る前に、一応訊いておこう——そう思って振り返ったとき、ちょうど本人が椅子を立ってフラリとやってくるところだった。

「なぁ……」

言いかけた中野のそばに立つなり、彼は片手を伸ばしてきた。項《うなじ》を摑《つか》まれ、強引に引き寄せられて唇が触れる。

テレビから漏れてくる緊迫感に、押し殺した囁《ささや》きが混じった。

「あんたが、もし——幼児に猥褻《わいせつ》行為をやらかしてるような気分にならねぇなら」

中野はフライパンをそっと調理台《ワークトップ》に置いて、坂上の二の腕に手のひらを這《は》わせた。

「でも、メシを作るの中断して、あとで腹が減ったって不機嫌になったりしない？」

「そんなの、なったことない」

「そうだっけ？」

笑って耳もとに頬を寄せる。

「じゃあ、先にオムライスのソースを訊いておいていい？　デミグラスかチーズソースにしようと思ってたんだけど、今夜はやっぱりケチャップかな」

尋ねると、中野のスウェットのウエストに指をかけた同居人が、熱を孕んだ声でこう答えた。

「ソースなんか、なくてもいい」

4

早稲田のホテルでの一件以降、中野の日常にささやかな変化が起こった。

ひとつは平日の毎朝毎晩、新井がいづみ食堂二階の玄関前まで送迎するようになったこと。もうひとつは、完全休業を決めた同居人が行方をくらまさなくなったことだ。

前者は小学生の登下校みたいで少々面倒な思いもあるけど、後者はいろんな意味で喜ばしい。

「――あ」

巨大なクリスマスツリーがそびえるロビー階から地下へと降りるエスカレータに向か

う途中、男女のピクトサインが描かれたプレートを見て中野は足を止めた。

西新宿に位置する、とあるオフィスビル。研修中のヒカルの挨拶《あいさつ》を兼ねて……という名目のもと、元カノ同伴でクライアントを訪ね、書類を回収するだけのささやかな用件を済ませた帰りだった。

「ちょっとトイレに寄ってっていい？」

ピクトサインを指して言った途端、ヒカルが勢いよく人差し指を突きつけてきた。

「女子？　女子なの？　もう会社に戻るだけだっていうのに、どうしてもここでトイレなんかいかなきゃいけないわけ？」

「それがさぁ、訪問前にいくつもりが、夜ごはんのことでうちの同居人に連絡してたら時間ギリギリになっちゃったんだよな」

「何その、ノロケ全開……？」

「じゃあ、いってくるよ」

「全く、しょうがないわね！」

彼女は恩着せがましく溜《た》め息《いき》を吐いて、当然のように中野に並んだ。

「まさかトイレの中まで入らないよね？」

「入るわよ、それが仕事なんだから」

先輩に負けず劣らず本業に誇りを持つエージェント女子は、会社でも臆《おく》することなく堂々と男子トイレに入ってくる。

腐っても一時は身体の関係もあった身だ。中野としては気まずくも何ともない。むしろ、その過去があるからこそ、彼女はもはや同性の友人みたいなものだった。が、ほかの社員が居合わせでもしたら元サヤだ何だと勘繰られかねない。

だからここ数日は、できるだけ会社のトイレは使わないか、新井がいるときだけ入るようにしていた。先輩エージェントがいれば、さすがに後輩はついてこない。

「自分とこの社内ならともかく、さすがにここはちょっとどうかと思うよ？　クライアントのテリトリーでもあるんだし」

「そんなの私は別に構わないけど、わかったわよ。じゃあ入口の前で待ってるわよ。ミナトが偶発的に入るだけのトイレの中で、まさか敵が待ち伏せてたりはしないだろうしね」

「まぁ、いくら何でもね」

そう。いくら何でも、取引先の会社が入居しているだけに過ぎないオフィスビルのトイレに敵が潜んでいたりはしなかった。

ただし、後から入ってこないとも限らなかった。

その男が鏡の中に現れたのは、用を済ませた中野が手を洗い、ネクタイを整えようとした矢先だった。

背後に立った見知らぬ外国人は、挨拶も前置きもなくこう言った。

「一緒にきてもらう」

声とともに、腰の後ろに硬いものが押しつけられた。幸か不幸か、ソイツはいきり立った股間《こかん》のイチモツなんかじゃなく、先端が平らで剛性のある無機質な感触だ。が、前者も後者も有り難くないという点では共通している。

中野は鏡越しに男を眺めた。

自宅で坂上と二人、メシを食いながらビール片手に眺めるアクション系の海外ドラマ。あれらの画面でよくお目にかかるような、もしかしたら一度くらい出演したことがあるんじゃないかと思わせるようなスラヴ系の悪党タイプが、鏡の向こうの空間で中野と同居していた。

年齢は四十を過ぎた辺りか。目線の高さは中野よりも低い。額から脳天にかけて禿《は》げ上がり、残りの髪も剃《そ》り上げた坊主頭に無精髭《ぶしょうひげ》。タートルネックのニット、革のフライトジャケットから足もとのサイドゴアブーツに至るまで、グレイ系のデニムを除いて全てが黒。

コイツも組織の派遣社員なのか、それとも意気揚々と海を渡ってきたフリーランサーか。いずれにせよ、これまで現れた日本向けのキャスティングとは違い、ついに外観だけなら真打ちっぽい刺客のお出ましとなったようだ。

「その押しつけてるもの、正体は電子タバコだったりしないよね？」

日本語で話しかけられたから、きっと通じるだろう。そう考え、中野は臆することなく母国語で尋ねた。そもそも通じようが通じまいがロシア語なんかわからないし、たとえ相手が英語圏の人間だとしても、こちらが歩み寄る必要はない。

果たして、返ってきたのは流暢《りゅうちょう》な日本語による、ありがちな脅し文句だった。

「外にいたお姉ちゃんを無事に帰したければ、大人しく従ったほうがいい」

「従わなかったら？」

「二人とも命はない」

「従ったら？」

「女は見逃す」

「迷うね、その二択」

その途端、鏡越しの男の顔面に耳を疑うかのような色が走った。

「お前、本気で言ってるのか――？　一も二もなく女を見逃すほうを選ばないとは、男の風上にも置けないヤツだな」

「その顔でなかなか渋い慣用句を連発するけど、いまのは性差別だよ？　女が男に護《まも》られなきゃいけないなんていう固定観念は、世の全ての女性に失礼だと思うな」

「じゃあ、これならどうだ」

速やかに気を取り直したらしい男が、別のカードを切ってきた。

「大人しく従えば、お前を護ってる殺し屋は追わない」

「――」

　ということはつまり、コイツは賞金稼ぎじゃなく組織の人間か。しかし、狙いは坂上の確保と中野の命、両方だと言わんばかりの口ぶりが引っかかった。

「俺を始末するのと彼を追うのとは、担当が違うんじゃなかったっけ？」

「そんなことまで知ってるのか。だが残念だな、俺のポジションは特定の任務に縛られない。そんなものは無関係だ」

「だが、とか無論、なんて真顔で言うヤツ、現実世界で初めて会ったよ」

「俺がいつ、無論なんて言った……？」

「言ってないね。まぁ、とにかくいくよ」

　せっかく快く申し出を受けてやったのに、男は何故か苦虫《にがむし》を噛《か》み潰《つぶ》したような顔で中野を一瞥《いちべつ》した。

「今度は何が気に入らないっての？」

「ガードの女は危険に晒《さら》しても、殺し屋の男はそうはいかないのか？」

「だから、いちいち男だの女だのって持ち出すのは性差別だし、いまのは職業差別も上乗せだよ？　ていうかさ、お望みどおり大人しく従ってやるって言ってんだからイチャモンつけんのやめてくんないかな」

「――――」

　とにかく何かが気に食わないらしい男は、仏頂面を引っ提げたまま銃口のひと振りで中野を促した。

通路に出るとヒカルの姿はなく、ロビーを横切って『関係者以外立入禁止』と書かれたドアを潜るまで、結局どこにも見当たらなかった。

「俺が従ったら外のお姉ちゃんは見逃すっていう約束、忘れてないよね？」

「そんな約束はしてない。殺し屋を見逃すほうにチェンジしただろうが」

「そうだっけ」

「心配するな、女は邪魔できないように排除しただけだ」

「手荒な方法で？」

「こっちだって無駄な騒ぎは起こしたくないからな、丁重にご退場願ったよ」

「へぇ、そう」

どんな手段で退場させたのかまでは訊《き》かなかった。うんざりした面構えを見る限り本当なんだろうと思えたし、無事なら詳しく知る必要はない。

ひと気のない管理エリアを抜けて非常用らしき扉から屋外に出ると、目の前にシルバーのフルサイズバンが待ち構えていた。

情報屋の商用バンのように後部の窓が全て黒い。車内は貨物メインの二人乗り仕様になっていて、中野が押し込まれたのは当然ながら荷室《ラゲッジスペース》のほうだった。

フロントシートの背後に設置されたフェンスタイプの中仕切り越しに、運転手がチラリと振り返った。こちらも同じ人種と思《おぼ》しきボマージャケットの男は、先に登場した野郎よりも若くて髪がある。

中野を連れてきたフライトジャケットの坊主頭が、一緒に荷室に乗り込んできた。が、観音開きのバックドアを閉めると同時にバンがフライング気味に発進し、積み荷たちはGに翻弄《ほんろう》されて危うく転がりかけてしまった。

すぐに体勢を立て直した坊主頭が運転席に向かって怒鳴り声を浴びせ、運転手が何か言い返し、しばし罵声《ばせい》の応酬が続く。その様子を眺めて、これだけは嗅《か》ぎ取ることができた。――日本語でも英語でもない言語はさっぱり意味不明だけど、どうやら彼らは仲が悪そうだ。

怒鳴り合いがひと段落すると、中野はコートからシャツまで全てのポケットを探られ、スマホや腕時計やビジネスバッグのほか、あちこちから出てきた小さな発信器みたいなもの計三つ――いつの間に仕込まれたのか、ひとつはビジネスシューズのヒール部分の中だった――も、次々に窓から放り捨てられた。

できるだけ大事なものは持ち歩かないようにと言われていたから、財布だけは会社に置いてきたのがささやかな救いか。ただ、捨てられたバッグには顧客から回収したばかりの書類が入っている。こんなことになるなら、トイレに入る前にヒカルに荷物を預けるんだった。

チラリと掠《かす》めた後悔は、しかしすぐに撤回した。悔やんだところで時間を巻き戻せるわけでもないし、じきに書類の有無なんか中野には関係なくなるだろう。それに、悔やむべきことならほかにあった。

坂上と、もっと話をしておけば良かった。

先日、これまでの空白を埋めて余りあるほどの情報が明かされはしたものの、彼の胸の裡《うち》はほとんど聞かずじまいだ。

こうなったら、せめて秘めた思いを墓前で告白してくれるよう、目の前の男に伝言を頼めないものか。もちろん直接会ってほしくはないから、何らかの手段で間接的なメッセージとして伝えてほしい。

ただ、そのためには高いハードルがあった。

中野には、霊魂だの、前世や来世だのといったファンタジーを現実と混同する趣味がない。そんなものは拠《よ》り所を求める人心が産み出した保険に過ぎず、生命活動をやめた人体は有機化合物の塊になるだけだ。

だから人生はリロードされたりしないし、意思を持った精神的実体《ゴースト》なんてものも存在しない。つまり、墓前で何事か白状されたところで死者が聞くことは叶《かな》わないという現実を承知している。

さらに中野は、己の残骸《ざんがい》を仕舞っておくための容《い》れ物もほしくない。しかし墓が存在しなければ坂上が墓前で告白できない。いや……どうせ告白されたところで聞けるわけじゃない。

ジレンマのループに陥りかけたとき、根本的なポイントに気づいた。

早稲田のホテルで新井が言っていたように頭部だけを運ぶというケースなら、首から下は日本に残るだろう。が、死体が丸ごとロシアに運ばれるか、あるいは生体で日本を出てから死体になる場合、そもそも容れ物に仕舞うべき残骸がない。となれば、坂上が墓前で吐露する以前の問題だ——

クルマが停まった。

〈下巻に続く〉

本書はWeb小説サイト「カクヨム」に掲載された「中野くんと坂上くん」を加筆修正の上、上・下巻に分けて文庫化したものです。

この物語はフィクションであり、実在の人物・地名・団体等とは一切関係ありません。

中《なか》野《の》くんと坂《さか》上《がみ》くん（上）

エムロク

令和6年 2月25日　初版発行

発行者●山下直久

発行●株式会社KADOKAWA
〒102-8177　東京都千代田区富士見2-13-3
電話　0570-002-301（ナビダイヤル）

角川文庫 24034

印刷所●株式会社暁印刷
製本所●本間製本株式会社

表紙画●和田三造

●お問い合わせ
https://www.kadokawa.co.jp/（「お問い合わせ」へお進みください）
※内容によっては、お答えできない場合があります。
※サポートは日本国内のみとさせていただきます。
※Japanese text only

ISBN 978-4-04-114293-6　C0193